KB266528

밤에 찾아온 손님

문으로 찾아온 손님

박규민
단편집

끝

소꿉 7

소등 43

피식자의 만찬 75

작가의 말 107

소꿉

두 사람은 원래 아주 먼 곳에 있어야 했다. 공항의 거대한 창문으로 아침 햇살을 받을 예정이었다. 이 이야기는 두 사람의 제주도 여행이 취소되면서 시작하지만, 글쎄, 취소된다는 게 도대체 뭘까? 무언가를 취소하는 건 기계에나 가능한 일이다. 사람에게는 취소라는 게 있을 수 없었다. 여행 떠나기 이틀 전, 세준이 여행을 못 가게 되었다고 통보해 왔을 때, 수잔은 그 상황을 받아들일 수 없었다. 더군다나 그런 말을 전화로 하다니. 세준은 차분한 목소리로—몇 번이고 연습한 게 분명했다—떠날 수 없는 이유를 설명했다. 이모의 개를 돌봐 줘야 한다는 거였다. 혼자 사는 이모가 어린 셰퍼드를 키우는데, 급작스럽게 해외 출장을 떠나게 되었다고. 그래서 자신이 그 집에 며칠 머물며 개를 돌볼 수밖에 없다고 했다.

"개? 개를 돌본다고?"

수잔은 본격적으로 말싸움에 나설 준비를 했다. 다시 말해, 팔짱을 꼈다. 전화로 대화하는 중이었지만, 그 자세만으로도 한층 다부진 사람이 된 것 같았다. 그리고 대답을 기다렸다. 세준이 할 수 있는 말은 어차피 하나뿐이었다.

"응."

"그걸 왜 오빠가 해? 그냥 돈 주고 다른 사람 시키면 안 된대?"

수잔의 말은 점점 닦달하는 투가 되었다. 세준은 기어들어 가는 목소리로 대답했다. 개가 워낙 예민해서 주위에 아는 사람이 없으면 불안에 떤다는 것이다. 그래서 몇 번 돌본 적 있는 자신이 가야 한다고 했다. 대화는 거기서 멈추었다. 비슷한 이야기를 전에도 들은 적 있었다. 세준이 왜 이모네 개를 돌봐 왔을지는 쉬이 짐작할 수 있었다. 세준은 학부 등록금을 이모에게 빌렸고, 그

액수는 대학원생이 된 지금까지도 다 못 갚을 정도라고 했다. 이모라는 작자는 그걸 빌미로 조카를 하인처럼 부렸다. 수잔이 회사에 다니는 탓에 두 사람은 주말에만 만날 수 있었지만, 세준은 한 달에 한 번씩 주말에도 이모를 도와야 한다며 약속을 미뤘다.

문제는 세준의 태도였다. 연애 초반에는 미안하다며 얼굴을 붉혔으나, 언젠가부터 얄미울 정도로 당당하게 나왔다. 첫 스텝부터 꼬였다고 수잔은 생각했다. 이모 핑계를 대기 시작할 때 언짢은 티라도 내야 했는데, 너그럽게 넘어가다 보니 이제는 당연히 이해해 줘야 하는 입장이 되었다. 그래도 수잔은 함부로 쏘아붙인 적이 없었다. 몇 번이나 이모가 급하게 부른다며 데이트 전날에 약속을 변경해도 한 번도 언성을 높인 적 없었다. 욕을 하려다가도 참았고, 하고 싶은 말이 있어도 절반은 해열제처럼 삼켰다. 그렇게 몇 번이고 참아 왔다. 여태까지는.

"그 개새끼 이름이 뭔데?"

"……그래도 등록금 내준 분인데."

"뭐? 아니, 이모 말고. 진짜 개 말이야."

세준이 아아, 하고 무언가 깨닫는 소리가 핸드폰 너머로 들렸다. 그다음에는 어쩐지 풀 죽은 목소리로 개의 이름이 빼삐라고 말했다. 수잔은 저도 모르게 애정 섞인 웃음을 터뜨릴 뻔했다. 한 사람과 연애를 일 년 넘게 하면 이런 게 문제였다. 전화하는 동안에도 상대방 표정이 어떨지 훤히 떠오르는 것이다. 세준은 지금도 특유의 멍한 눈을 뜨고 신발코를 내려다보고 있을 게 빤했다. 논문을 읽고 물리학에 관해 더듬더듬 설명해줄 때면 눈동자에 불꽃이 튀지만, 그 순간만 지나면 배터리가 떨어진 로봇처럼 축 늘어지는 사람이었다. 연애에 서툴다 보니 자기가 뭘 잘못했는지도 모르는데, 잘못을 지적받으면 데이터를 받아들이듯 동작이 멈추고 얼굴부터 달아올랐다. 수잔은 세준이 그럴 때마다 꼭 껴안고 입을 맞추고 싶었다. 그의 얼굴에 피어오르는 엷은 미소를 보고 싶었다.

수잔은 이모네 집에 따라가고 싶다고 불쑥 말했다. 잠깐 침묵이 흘렀지만, 사실 안 될 것도 없는 일이었다. 이모네 집은 강남의 2층짜리 단독주택이라고 들었다. 한 명쯤 더 묵을 자리는 있고도 남겠지. 동화책 삽화에서처럼 고풍스러운 벽돌에 담쟁이가 엉긴 집이라고 했다. 벽지는 진갈색이고, 한쪽 벽의 통유리를 통해 보면 정원의 나무들이 손에 닿을 듯 일렁인다고. 나선형 계단을 따라 올라가면 더욱 놀라운 광경이 펼쳐졌다. 2층은 원래 창고로 쓰였는데, 이모가 빠삐를 데려온 뒤로는 포근한 다락방으로 변했다. 강아지 장난감이며 담요며 간식 따위가 차곡차곡 정돈되어 있다는 거였다. 어차피 제주도에 갈 수 없다면 거기서 같이 지내면 되지 않을까? 동물을 좋아하는 수잔은 빠삐랑 금세 친해질 자신이 있었다.

세준은 일단 이모에게 물어보겠다고 답했다. 수잔은 전화 끊은 뒤에도 핸드폰을 꼭 쥐고 있었다. 이모 문제로 그간 꾹 눌러 참던 짜증이 고름이 되어 피부를 뚫고 나올 것 같았다. 동화 속 집 같은 소리 하네. 돈 좀 빌려줬다고 조카를 아무 때나 불러내서 자기 개를 돌보게 하다니, 그게 정말 가족인가? 더 답답한 건 세준이 이모에 대해 욕도 한마디 못 하는 거였다. 수잔이 이모를 흉보려 하면 세준은 어색하게 웃으며 딴청을 피웠다. 그다음 날, 세준은 이모에게 허락을 받았다고 전

.

화해 왔다. 그때 수잔의 마음속에는 이모에 대한 증오심이 배수관 머리털처럼 엉켜 있었다. 여행은 확실히 취소된 것이다. 언론사 입사하고 첫 휴가인데. 그 주택으로 여행 아닌 여행을 가는 날이 다가왔다. 대체 어떤 곳인지 직접 보겠다는 결의, 그리고 세준과 함께 휴가를 보낸다는 기대감이 뒤섞여 가슴이 묘하게 두근거렸다.

그날, 가슴이 두근거리는 건 세준도 마찬가지였다. 사실 그는 심장이 세차게 뛰는 상황을 좋아하지 않았는데, 그건 수잔에게 털어놓지 않은 수많은 비밀 중 하나였다. 그가 좋아하지 않는 것은 아주 많았다. 경기장이나 공연장처럼 사람이 들끓는 곳을 꺼렸고, 카메라 앞에 서기를 싫어했으며, 곧 죽어도 빈말은 못 하는 성격이었다. 그 때문에 골머리를 앓은 게 한두 번이 아니었다. 껑충한 키와 매끈한 얼굴, 방금 미용실에서 나온 듯한 곱슬머리 덕에 세준의 주위에는 그 어눌한 말에도 깔깔 웃는 여자들이 자주 있었다. 그러나 연애를 오래 해 본 적은 없었다. 사귀자는 말 한마디로 특별한 사이가 되는 것도 어색하기만 했고, 강

박적으로 서로 애정을 확인하는 것 역시 어쩐지 연기하는 기분이 들었다. 그래도 세준은 성격을 바꾸려 들지 않았다. 그는 어릴 적부터 조용히 생각에 잠기기를 좋아했고, 무엇도 그를 다락방에서 끌어내지는 못할 듯했다.

수잔이 연구실에 처음 들어온 날에도 그는 몇 번 곁눈질을 할 뿐이었다. 수잔은 마치 세상에는 이렇게 다양한 색깔이 있답니다, 라고 말하는 듯 화려한 원피스를 입고 있었다. 교수를 인터뷰하러 온 학생이라기에는 영 어울리지 않는 옷차림이었다. 어쩌면 세준의 지도교수가 그런 옷차림을 좋아할 사람임을 이미 알았는지도 몰랐다. 그녀는 교수치고 퍽 젊은 여성인 데다 연두색 코트를 즐겨 입는 사람이었다. 기독교 대학에서 봉급을 받으면서도 SNS에서 한국 교회의 근본주의적인 행태를 비꼬길 서슴지 않았다. 수잔은 기독교 수업 의무 수강에 대해, 교내 퀴어 동아리 설립 불허 조치에 대해 줄줄이 질문했다. 교수가 뭐라고 대답했는지는 기억나지 않았다. 세준은 그런 문제에 별다른 의견이 없었다. 정리하던 서류가 손에 잡히지 않아 골치 아플 뿐이었다. 수잔에게 자꾸 눈길이 돌아갔으니까.

　그날부터 세준은 수잔과 자주 마주치게 되었다. 지도교수는 사교적인 교수들 중에서도 유난히 학생들과 잘 어울렸다. 마음에 드는 학생을 모아 한 달에 한 번 맥주 모임을 주선하기도 했다. 똑똑한 학부생부터 피곤에 찌든 대학원생, 정장 차림의 졸업생까지. 인원은 열 명 남짓이었다. 수잔이 술자리에 왔을 때 다들 그녀에게 관심을 가진 것도 무리는 아니었다. 옆자리에 앉은 직장인은 능글능글 웃으며 잔을 부딪치기도 했다. 세준은 수잔에게 자꾸 눈길이 가는 게 그녀의 옷차림 때문이 아닌 걸 그때 알았다. 귀에 여럿 박힌 피어싱 때문도 아니었고, 한 번도 빗질하지 않은 듯 푸석푸석하고 긴 머리칼 때문도 아니었다. 심장이 세차게 뛰었다. 도저히 앉아 있을 수가 없었다. 세준은 그날 슬그머니 일어나 술집 밖으로 나갔다. 외향적인 사람이라면 이럴 때 어떻게 했을지, 그러지 못하는 자신에 대해 수도 없이 생각하면서.

　"엄청 넓다. 여기 혼자 산다고?"

　주택에 들어오고 수잔이 처음으로 한 말이었

다. 수잔은 새것처럼 희게 빛나는 캐리어를 끌고 왔다. 여기까지 오는 동안 지하철과 버스를 탔겠지. 거기서 마주친 사람들은 수잔이 공항에 가는 줄 알았을 것이다. 수잔이 제주도 여행을 얼마나 기대했을지 보이는 듯해 자꾸 고개가 숙여졌다. 주택에서 휴가를 즐겁게 보내야 한다는 생각에 마음이 무겁기도 했다. 두 사람은 저녁에 주택 앞에서 만나기로 했지만, 세준은 대낮부터 도착해 이것저것 청소하느라 바빴다. 수잔이 보면 안 되는 물건이 널려 있었다. 논문, 너무 어려운 책, 상장, 그리고……. 세준은 1층 책꽂이의 물건들을 챙겨 온 종이 박스에 쓸어 담았다. 부엌 찬장에 있던 찻잔이나 위스키병 따위를 꺼내 빈자리를 채웠다. 그러고는 박스를 2층으로 가지고 올라가 테이프로 포장해 두었다. 의외로 죄책감은 들지 않았다. 청소하는 동안 짖어 대는 빠삐에게 미소를 지어 보이기도 했다.

왜 미안하지 않은 걸까. 거짓말을 하는데. 사람의 말이 생각보다 힘이 세다는 것을 세준은 수잔과 연애하면서 알았다. 세준이 무언가를 말하면 수잔의 표정은 마치 촘촘한 눈금의 온도계처럼 미세하게 변했다. 사소한 말 한마디를 어떻게 이어 가느냐에 따라 그들 사이가, 다시 말해 그들의 미래가 변할 수도 있었다. 무엇보다 무서운 점은 그녀의 변화를 자신이 알아채지 못할 수 있다는 거였다. 세준은 수잔이 말주변도 없는 자신을 왜 좋아하는지 이해할 수 없었고, 그녀가 이해할 수 없는 이유로 떠나갈까 봐 역시 불안했다. 그러니 이모라는 사람을 창조해 낸 것도 어쩔 수 없는 일이었다. 그는 등록금을 국가에 빚졌을 뿐 누구에게도 손 벌린 적 없었다. 한 달에 한 번씩 주말에 데이트할 수 없는 진짜 이유를 털어놓을 수는 없었다. 지도교수의 개를 돌보느라 어쩔 수 없다고 실토하면, 수잔뿐 아니라 그 이상을 잃어버리게 될 것 같았다.

수잔이 주택에 따라가면 안 되느냐고 전화로 물었던 날, 세준도 한참이나 전화기를 꼭 쥐고 있었다. 밤새 고민하느라 잠을 못 붙일 정도였다. 처음에는 당연히 거절해야 한다고 생각했다. 거짓말이 들통나면 수잔의 눈을 똑바로 보지도 못할 테니까. 하지만 이 제안마저 거절하면, 그 역시 돌이킬 수 없는 결과를 낳을 것 같았다. 수잔은 회사에 휴가계를 냈으니 이제 와 취소할 수는 없을 터였다. 아니, 취소할 수 있다고 해도 수잔이 하지 않을 듯했다. 남자친구가 못 간다면 혼자서라도 여행을 갈 성격이었고, 혼자 올레길을 걷다 보면 이별을 결심하는 게 유일한 소일거리일 듯했다. 게다가 수잔을 주택에 데려간다고 해서 큰 문제는 벌어지지 않을 것 같았다. 수잔은 교수를 두어 번 봤을 뿐이다. 벌써 일 년이 더 지난 일이었다. 교수의 신상이 드러날 물건을 2층에 두고, 거기만 들어가지 않게 해두면 다 괜찮을 듯했다.

그러니 수잔이 빠삐를 기대 이상으로 예뻐하는 걸 보고, 세준은 일단 좋은 일이라고만 여겼다. 동물의 체온이 사람을 무디게 해 준다는 것을 그는 누구보다 잘 알았다. 수잔이 캐리어를 1층 구석에 놓고 소파에 앉아 주위를 둘러보는데, 2층에서 빠삐의 찹찹거리는 발소리가 들려왔다. 시간이 흐르면 대형견이 될 거라고는 믿을 수 없을 정도로 작은 몸집, 축 늘어진 귀와 살랑거리는 꼬리가 계단을 따라 내려왔다. 빠삐는 몇 번 컹컹 짖더니 마룻바닥에 턱을 대고 엎드려 수잔을 응시했다. 눈치를 보기는 했지만, 꼬리 흔드는 것을 보니 수잔이 싫지 않은 모양이었다. 수잔은 빙긋 웃더니 시선을 낮추었다. 언제 챙겨 왔는지 주머니에서 간식을 꺼내 이리 오라는 투로 손짓했다. 자그마한 구슬 같은 사료. 빠삐는 고민하는 것 같았지만, 곧 수잔에게 다가가 혀를 날름거렸다.

"그거 산 거야? 얘 주려고?"

"응. 팔길래."

"……."

"되게 착하다. 별로 짖지도 않고."

수잔은 고개를 들어 세준을 보았고, 빠삐는 마치 그 말이 맞다고 증명하려는 듯 수잔의 무릎에 앞발을 올렸다. 세준은 말없이 그들을 내려다보았다. 수잔은 이상할 만큼 기분이 좋아 보였다. 전화로 화낼 때와는 다른 사람 같았다. 모든 게 너무 순탄히 흘러갈 때의 불안감이 엄습했다. 이미 뭘 눈치챈 건 아닐까? 수잔은 여전히 자세를 낮추고 빠삐를 쓰다듬고 있었다. 세준에게는 수잔의 표정이 보이지 않았다. 세준은 등을 돌려 주방으로 갔다. 지금 행동이 어색해 보이지는 않을까 걱정하면서. 주방 탁자에 걸터앉아 찬장 유리문에 얼굴을 비춰 보았다. 두 사람은 할 일이 아주 많았다. 빠삐를 데리고 산책을 나가야 했다. 돌아오는 길에 음식과 와인을 살 생각이었다. 정원에 나가 자정까지 파티를 즐기기로 했다. 세준은 불현듯 그중 무엇도 잘할 자신이 없었다. 자기 앞에 어떤 일이 놓일지, 그 결과가 어떨지 지금처럼 불안했던 적이 없었다.

비가 올 거래요.

수잔이 술집 밖에서 그렇게 말을 붙였을 때, 세준은 수잔이 예상한 대로 행동했다. 비가 올지 안 올지 웅얼거리며 상대방 얼굴은 쳐다보지도 못했다. 수잔은 학생 언론사에 처음 발 들였을 때 선배들이 가르쳐 준 인터뷰 원칙을 떠올렸다. 취재원을 겁주지 말 것. 다짜고짜 질문부터 던지지 말고, 가벼운 화제로 말문을 열 것. 다시 말해, 친구인 척을 할 것. 모든 사람은 타인을 덥석 믿고 싶은 충동에 시달리는 것 같았다. 기자를 경계하다가도 금세 무거운 물건 내려놓듯 마음을 놓았고, 조금 더 지나면 자기 인생을 통째로 풀어놓을 때도 있었다. 교수의 연구실에 간 날도 마찬가지였다. 교수는 자신이 얼마나 진보적인 어른인지를 삼십 분간 이야기했다. 수잔은 열심히 고개를 끄덕여 주었다. 눈동자에 동경을 가득 담아 바라보다 보면, 교수가 극단적인 말 한마디를 잔돈처럼 흘려줄지 모르니까.

문제는 한쪽 구석의 대학원생이 자꾸 이쪽을 힐끔거리는 거였다. 교수의 시야 밖에서 계속 눈짓을 하는 게 아무래도 이상했다. 수잔은 시선을 교수에 고정한 채 머릿속으로는 다른 생각을 했다. 그날 인터뷰의 일차적 목적은 교내 퀴어 동아리에 대한 교수의 의견을 따는 것이었지만, 사실은 한 가지 목적이 더 있었다. 그 교수가 대외적 이미지는 좋은 반면 실제로는 대학원생들에게 고압적으로 군다는 소문이 있던 것이다. 세준은 며칠 뒤 술자리에서도 침울해 보였다. 수잔은 그날 저녁에 그와 자주 눈이 마주쳤다. 역시 하고 싶은 말이 있는 듯했다. 수잔의 머릿속에는 갑질, 교수, 맨얼굴 등 자극적인 단어들이 벌써 기포처럼 피어올랐다. 세준이 자리에서 일어나자 수잔은 따라 나갔고, 술집 거리의 검붉은 조명 아래서 먼저 말을 붙였다. 그런데 세준의 반응이 영 이상했다. 조심스레 수잔의 연락처를 물었고, 전화번호를 알려 주자 얼굴을 붉히는 거였다.

그가 무엇을 제보하려는 게 아님을 알기까지 대략 일주일이 걸렸다. 어느 날 밥을 먹자길래 같이 먹고, 내친김에 커피도 마시고, 무언가 아쉬워 맥주까지 마시고 나오는데 문득 웃음이 터져 나왔다. 이건 누가 봐도 취재가 아니라 데이트니까. 기분이 좋으면 금방 취한다는 게 과장이 아니라는 걸 그때 처음 알았다. 수잔은 지하철역으로 가는 길에 세준의 손을 잡아 버리고 싶었다. 자신이 세준의 의도를 처음부터 알았던 것 같기도 했다. 세준은 문과 남자들과 달리 말수가 적었고, 그 덕분에 수잔은 그와 함께할 때 평소보다 곱절은 수다스러워졌다. 대화 소재는 대개 시답잖을 정도로 사소했다. 요즘 개봉한 영화, 가족에 대한 불평, 졸업하면 하려는 일……. 식사하고 공원을 산책하고 커피를 마시다 보면 웃고 떠드느라 뺨이 아파 올 때도 많았다. 자기 이야기를 털어놓는 것만으로도 어떤 사람을 너무 중요한 존재로 만들어 버릴 수 있음을 그때는 알지 못했다.

대학을 졸업하고 그녀는 진보 성향의 인터넷

매체 기자가 되었다. 기자가 되고 싶었다기보다는 그저 다른 길을 생각해 본 적 없던 것 같았다. 직장 생활을 하면 할수록 세준과 함께하는 시간은 점점 더 소중해졌다. 학교를 벗어난 순간 온 세상이 무례하고 경박해졌는데, 세준은 그런 세상과 동떨어져 학생 때의 순수함을 간직한 사람 같았다. 퇴근 후의 어두운 술집에서 그들은 밤이 깊도록 한참 이야기를 나누었다. 수잔은 세준이 말이 없을 때 무슨 생각을 하는지 궁금했고 그 과묵함이 때로 아쉽기도 했지만, 그래도 거짓말은 하지 않는 것 같으니까. 그래서……. 수잔은 주택에 가기로 한 뒤 마음을 단단히 먹었다. 거기서 무슨 광경을 보더라도 화내지 않겠다고. 세준도 이모네 집에 가는 게 내키지 않을 텐데, 성질대로 짜증만 퍼부은 게 어쩐지 부끄럽다고까지 생각했다.

최대한 즐거운 휴가를 보내야지. 며칠 전의 다툼은 기억나지도 않을 만큼. 수잔은 그렇게 다짐했고, 그날따라 세준의 감정을 세심히 살폈다. 주택 내부는 어딘지 정리가 덜 된 것처럼 군데군데 비어 있었다. 세준은 2층이 이모의 특히 사적인 공간이라고, 우리는 1층에서 시간을 보내면 된다고 주의 주듯 말했다. 수잔은 고개를 끄덕였다. 마치 박물관에 온 듯 아무 물건에도 함부로 손대지 않았다. 두 사람은 일단 동네를 한 바퀴 돌며 저녁거리를 사 오기로 했다. 거대한 지우개처럼 새하얀 신축 건축물, 그리고 붉은 벽돌로 담장을 쌓은 오래된 주택들이 뒤섞여 늘어서 있었다. 개 중에는 마당에 수호신처럼 웅장한 나무를 심어놓았다. 털이 긴 대형견을 데리고 다니는 사람들이 종종 보였다. 세준은 굳은 얼굴로 말이 없었다. 한번은 대형 외제차가 골목으로 진입하다 멈춰섰는데, 세준은 자신들이 큰 민폐라도 끼친 듯 황급히 자리를 비키기도 했다.

피자와 와인을 사 들고 돌아오는 길에는 세준의 안색이 더욱 안 좋아져 있었다. 빠삐가 이곳저곳 냄새를 맡느라 걸음을 멈추면, 그는 목줄을 팽팽하게 잡아당기기까지 했다. 수잔은 그에게서 고개를 돌렸고, 더는 말을 걸지도 않았다. 아까부터 왜 이렇게 눈치를 보는 거지? 세준은 수잔뿐 아니라 거리에 있는 모든 것, 심지어 빠삐 눈치마저 보는 듯 기가 죽어 있었다.

"저기로 가자."

세준은 그렇게 말했는데, 하도 작게 말해서 처음에는 무슨 말인지 알아듣지 못했다. 왔던 길과 다른 방향으로 걸어가는 모습을 보고서야 수잔은 입을 열었다.

"왜? 거기 아니잖아."

"여기 맞아."

세준은 어쩐지 짜증이 섞인 목소리로 답했다. 그들은 피자를 사려고 나왔을 때보다 훨씬 빙 돌아가는 길로 접어들었다. 빠삐가 신이 났는지 목줄이 팽팽해질 정도로 앞으로 달려 나가다 있었고, 세준은 끌려가듯 종종걸음을 쳤다. 기계적으로 핸드폰을 꺼내 빠삐의 사진을 찍기도 했다. 수잔은 그들이 왜 굳이 먼 길로 돌아가는지 빤히 알 수 있었다. 그러니까, 이것이 평소 빠삐를 산책시킬 때 다니는 길이었고 세준은 그 경로를 반드시 지켜야 하는 모양이었다. 사진을 찍어서 보고해야 할 정도로. 수잔은 여행이 취소되었을 때의 짜증이 되살아나는 듯했다.

"비 오는데?"

"……"

"비 온다고."

"그래?"

"조금 떨어지잖아."

"안 오는 거 같은데."

무슨 헛소리야, 빤히 오는데. 수잔은 뭐라고 반박하고 싶었지만, 대화를 더 이어 가면 말이 곱게 나가지 않을 것 같았다. 세준의 핸드폰으로 전화가 걸려 왔을 때는 차라리 다행이라는 생각이 들었다. 말다툼을 하고 싶지는 않았다. 세준은 굳은 얼굴로 핸드폰 화면을 들여다보고 있었다. 대체 누구길래 저렇게 긴장하지? 이모? 무언가 이상하다는 직감이 고개를 들었다. 주택에 도착하자 세준은 전화 좀 하겠다며 수잔에게 먼저 들어가 있으라고 했다. 그 순간 세준은 수잔이 한 번도 본 적 없는, 이상한 궤적으로 일그러진 표정을 하고 있었다.

수잔이 빠삐를 데리고 주택에 들어간 것은 순전히 우연이었다. 산책하는 동안 세준이 빠삐의 목줄을 쥐고 있었으니 피자와 와인은 수잔이 들었는데, 음식 냄새에 홀린 빠삐가 수잔을 향해 컹컹 짖었다. 수잔은 전화에 방해될지도 모른다는 단순한 생각으로 빠삐의 목줄을 받아 쥐고 주택으로 들어갔다. 현관문이 등 뒤로 닫히자마자 바깥의 소리가 뚝 끊어졌다. 벌써 깜깜한 밤이었다. 전등은 하나도 켜 있지 않았고, 통유리 창으로 드는 정원의 불빛에 천장 샹들리에만 대답하듯 빛나고 있었다. 수잔은 그 반짝임을 잠시 홀린 듯 바라보았다. 신발을 벗은 뒤 음식을 주방으로 가져가 테이블에 내려놓았다. 부엌 전등을 켜니 기분도 다시 밝아지는 것 같았다. 수잔은 1층을 돌아다니며 하나씩 전등을 밝혔다. 실내가 밝아지자 유리창으로 보이던 바깥세상은 까맣게 지워졌다. 그 자리에는 자신의 모습이 거울 앞인 양 비쳤다.

세준은 곧 돌아올 것이다, 그녀는 그렇게 생각했다. 무슨 전화인지는 깊게 생각하지 않기로 했다. 연인이 내가 모르는 이유로 행복하다면 호기심이 동하겠지만, 내가 모르는 이유로 불행하다면 그저 모른 척하는 게 최선일 듯했다. 하지만 빠삐가 낑낑거리는 소리까지 무시할 수는 없었다. 수잔이 그 소리를 알아챘을 때는 빠삐의 불안 증세가 이미 극에 달해 있었다. 아는 사람이 주위에 없으면 불안에 떨다던 세준의 말이 그제야 떠올랐지만, 수잔은 태엽을 감은 듯 똑같은 자리를 서성이는 빠삐에게 아무것도 해 줄 수 없었다. 오히려 빠삐는 수잔의 시선을 느끼자마자 유령이라도 본 듯 2층으로 달음질쳤다. 무언가를 벅벅 긁어대는 소리가 곧 주택 전체에 울려 퍼졌다. 유리창에 수잔의 공포에 질린 얼굴이 비쳤다. 이모가 아끼는 귀중품이 박살 나는 건 아닐까? 빠삐의 목줄을 잡고 들어온 사람은 바로 자신이라는 것이 머릿속에 선연히 떠올랐다.

빠삐에게 물릴 수도 있다는 생각이 물론 먼저 들었다. 가까이 가 봐야 상황이 악화되기만 할 수도 있었다. 그래도 무슨 일이 벌어지는지 보고 싶다는 욕구가 수잔을 사로잡았다. 세준이 얼른 들어오기를 기다릴까 했지만, 결국 홀린 듯 계단에 발을 디뎠다. 어떤 일을 하면서도 동시에 하면 안 된다는 예감이 드는 그 순간, 수잔은 걸음을 빨리하여 2층에 다다랐다. 어두웠다. 그저 어둡다는 것이 2층의 첫인상이었다. 창문이 두꺼운 커튼으로 가려져, 가로등 빛조차 새어 들지 않았다. 스위치가 어디 있는지 찾으려고 했다. 그러나 그 즉시 물건 긁는 소리가 멈추고 어둠 속에서 으르렁

소리가 들려왔다. 주머니에서 간식을 꺼내 들이밀어도 소용없었다. 수잔은 우뚝 선 채 앞만 바라보았다. 무엇을 보게 될지 모른 채로. 그녀의 눈은 어둠에 익숙해졌고, 2층의 모든 것이 썰물 빠지듯 서서히 윤곽을 드러냈다.

✳

　많은 대학원생이 그런 것처럼, 세준은 대학원에 가면 큰일 난다는 잔소리를 학부 때부터 질리도록 들었다. 세준에게는 이게 선택의 문제가 아님을 그들은 이해하지 못했다. 그는 거창한 발견이나 역사에 남는 영광을 꿈꾸지는 않았다. 그저 누구에게도 방해받지 않고 온종일 연구에 매진할 자그마한 공간을 갖고 싶었다. 교수와 짧은 통화를 하면서 그는 덤덤했으나, 전화를 끊고 나서는 가슴이 뛰었다. 몇 분간 길가를 서성였다. 얼른 주택에 들어가야 했음을 곧 알게 될 터였지만, 그 순간은 불행 따위를 생각할 겨를이 없었다. 교수가 미래를 이야기한 게 그 무엇보다 중요했다. 교수는 그간 너무 미안했다고 자기 입으로 말했다.

한국에 돌아가면 빠삐를 전문적으로 돌볼 사람부터 찾아보겠다고, 그동안의 은혜는 꼭 갚겠다고 했다. 은혜, 은혜. 세준은 비밀번호 외우듯 그 말을 웅얼거렸다.

그때 세준이 시간을 끈 데는 나름 이유가 있었다. 그 순간 수잔이 2층 박스 속 물건을 들여다보고 있음을 몰라서 한 생각이었지만, 어쨌든 들뜬 기분을 가라앉혀야 할 듯했다. 지금 이 기분대로 수잔을 마주하면 그간 얼마나 노력했는지 털어놓고 싶어질 테니까. 사실 세준이 지체한 시간은 길지 않았다. 통화는 잠깐이었고, 핸드폰을 손난로인 양 꼭 쥐고 실실대던 것까지 합해도 기껏해야 십 분이었다. 세상 어떤 연인도 그 짧은 시간에 관계가 틀어질 수 있다고는 생각하지 않을 것이다. 주택에 들어가자 눈이 부셨다. 거실 전등을 다 켜 둔 모양이었다. 세준은 있는 줄도 몰랐던 전등까지. 현관문이 닫히고 바깥 소리가 툭 끊기자 너무 조용하다는 생각이 들었다. 부엌으로 갔다. 수잔은 거기 없었다. 세준은 당황하지 않으려고 애썼다. 테이블 위 피자와 와인은 수잔이 이 집 어딘가에 남아 있다는 단서 같았다. 오늘만 잘 지나면 된다. 오늘만 지나면…….

　세준은 저도 모르게 발소리를 죽이고 집 안을 돌아다녔다. 그는 수잔에게 치부가 드러날까 봐 불안해하면서도, 한편으로는 일이 뜻대로 풀리지 않아 짜증이 치밀었다. 계획대로라면 두 사람은 지금쯤 저녁 식사를 하고 있어야 했다. 그러면 교수와 통화하며 느낀 행복을 그대로 이어 갈 수 있었을 텐데. 세준은 얼른 수잔을 찾아 함께 와인을 마시고 싶었다. 하지만 계단에 떨어진 수잔의 사료들을 발견했을 때, 2층에서 빠삐가 헐레벌떡 뛰어 내려와 그에게 몸을 비볐을 때, 세준은 최악의 상황이 목전에 왔음을 받아들여야 했다. 그는 남의 집에 침입한 듯 조심스럽게 계단을 올랐다. 그리고 우스운 일이 벌어지는 걸 상상했다. 화장실에서 물 내리는 소리가 요란하게 난다거나, 수잔이 갑자기 세준의 등을 쳐 놀래키며 깔깔 웃는다거나……. 뭐가 됐건 수잔이 2층에 올라가지는 않았기를, 만일 올라갔어도 박스를 뜯어보지는 않았기를 바랐다.

　세준은 계단을 다 올라 2층의 어둠을 눈앞에 두었다. 주위의 모든 것은 그가 얼른 페이지를 넘기길 기다리는 듯 고요했다. 세준은 계단 아래를 돌아봤다. 빠삐는 꼬리에 힘을 잔뜩 준 채 1층에 남아 그를 올려다보고 있었다. 세준은 덩달아 긴장해 전등을 켜지 않고 어둠을 응시했다. 당연히 그 행동에는 아무 의도도 없었다. 불을 켜기 두려웠을 뿐이다. 어둠 속에서 세준을 일방적으로 바라보고 있는 수잔에게 자신이 어떻게 보일지 고려하지 못했다. 사실 세준은 수잔이 정말 저 앞에 있을 거라 확신할 수도 없었다. 그러니 그가 1층에서 도둑처럼 살금살금 돌아다닌 것, 계단을 서서히 올라온 것, 긴장한 얼굴로 2층을 들여다본 것 그 모든 행동이 수잔에게는 소름 끼치도록 낯설어 보일 거라는 생각도 하지 못했다. 아까부터 그의 머리는 고장 난 컴퓨터처럼 한 가지 질문만 되풀이하고 있었다. 박스에 담아 2층에 옮겨 놓은 물건들을, 수잔이 전부 다 봤을까?

그때부터 세준이 할 일은 정해져 있었다. 앞에 놓인 역할을 차례차례 수행할 뿐이었다. 벽을 더듬어 전등을 켜자, 우선 박스가 눈에 들어왔다. 박스에 온 신경이 쏠려서 주위를 둘러볼 겨를도 없었다. 압수수색이라도 당한 듯 테이프가 거

칠게 뜯겨져 있었고, 안에 담겨 있던 학위논문 몇 권은 아예 바닥에 떨어져 있었다. 헛웃음이 나왔다. 상황이 이렇게 전개될 줄은 몰랐는데. 아니, 이걸 왜 열어 보지? 남의 집에서 테이프로 밀봉된 박스를 보면 그냥 둬야 하잖아? 그런데 왜 함부로 열어 보는 거지? 세준은 그가 포장한 물품을 처음 보는 양 하나하나 꺼내기 시작했다. 학위논문, 너무 어려운 책들, 상장, 그리고……. 이게 다 뭐 하는 짓인가. 세준은 애초에 왜 모든 걸 숨기려 했는지도 기억나지 않았다. 어느새 곁에 다가온 빠삐가 어딘가 바라보며 짖을 때, 그래서 고작 몇 걸음 떨어진 수잔이 시야에 들어왔을 때, 그는 이상할 만치 당당한 마음이 되어 있었다.

세준은 수잔의 호기심 많은 성격을 단점이라고 생각해 본 적이 없었다. 하지만 두 사람의 시선이 오래 마주친 그 순간, 여태 한 번도 해 본 적 없는 생각이 머릿속에 가스처럼 가득 찼다. 어쩌면 불행이란 모두가 너무 성실할 때 찾아오는 게 아닐까? 교수만 봐도 그렇지 않은가? 한번 빠삐의 발톱을 깎고 나서 괜히 뿌듯한 마음에 빠삐 사진을 찍어 전송해 줬는데, 교수는 그때부터 틈만

나면 사진을 보내 달라고 메신저로 요구해 왔다. 세준은 사람들이 자신에게 너무 무례하다는 생각이 들었다. 2층에 올라가지 말라고 분명히 말했는데 왜 수잔은 여기에서 모습을 드러내는 걸까? 그냥 모른 척할 수는 없었을까? 진실을 밝히기만 하면 세상이 덩달아 밝아질 거라 믿는 그 태도를 도저히 이해할 수 없었다. 수잔은 그를 쭉 지켜보고 있었음을 과시라도 하려는 듯 팔짱을 끼고 고개를 갸웃거렸다. 한쪽 손에는 무언가 작은 카드 같은 것을 들고 있었다.

"왜 그런 눈으로 봐? 나를."

그 말은 수잔이 꺼낸 거였지만, 침묵이 팽팽히 이어지는 동안 세준도 같은 생각을 하고 있었다. 세준은 늘 이런 순간을 상상해 왔다. 그의 상상 속에서 수잔은 꼬치꼬치 따지거나 화를 냈는데, 그것도 낙관적인 시나리오였다. 지금 앞에 있는 건 싸늘한 눈빛뿐이었다. 세준은 왜 처음부터 수잔에게 모든 걸 털어놓을 수 없었는지 새삼 깨달았다. 수잔은 대답을 기다리지 않고 말을 이었다.

"여기 동물등록증에 말이야……."
"왜 여기 있는 거야."

"여기 왜 오빠 이름이 있어?"

"왜 여기 있는 거냐고."

수잔은 무슨 말을 하려다 말고 고개를 저었다. 세준은 그녀가 피식 웃는 걸 보았고, 그 순간 스스로도 무서울 정도로 수잔이 증오스러워졌다. 그때 핸드폰이 진동하지 않았다면 그는 입 안에 맴돌던 까칠한 말을 정말 내뱉을 뻔했다. 세준은 주머니에서 핸드폰을 꺼내 화면을 확인했다. 교수에게서 메시지가 와 있었다. 그 짤막한 몇 마디를 읽고 세준은 눈앞의 광경을 다시 한번 보았다. 빠삐는 당신이 불청객임을 알려 주겠다는 듯 수잔을 향해 맹렬히 짖었고, 수잔은 팔짱을 낀 채 빠삐를 내려다보고 있었다. 세준은 방금까지 온몸을 휘감았던 분노와 긴장감이 뱀처럼 스르르 풀려 나가는 것을 느꼈다. 이런 상황을 상상해 본 적은 없었지만, 어떻게 행동해야 할지는 고민할 필요도 없었다.

왜 사람들은 꼭 서로의 눈을 바라보고 대화하는 걸까? 세준은 언젠가 그런 질문을 한 적이 있었다. 두 사람이 유명한 식당에서 밥을 먹은 뒤,

밖에 기다리는 사람이 많아 급하게 자리에서 일어난 참이었다. 수잔은 그때 이렇게 대답했다. 얼굴에는 감정이 드러나니까. 그래서 다들 상대방 감정이 어디로 흐르는지 살피며 대화하는 거라고. 세준은 한참 대답이 없었다. 우산을 들고 좁은 골목을 걸으며 두 사람은 침묵했다. 이윽고 세준이 입을 열었는데, 수잔은 그때 그가 한 말을 아주 오랫동안 기억하게 될 것이었다. 세준은 이렇게 말했다. 사람 눈을 피하는 건 약자가 하는 행동이라고. 그래서 사람들은 서로 눈을 못 피하는 게 아닐까? 약해지는 데는 중독성이 있어서, 한번 맛들이면 헤어 나오기 어렵거든. 수잔은 어쩐지 세준의 얼굴을 올려다보기 두려워졌다. 우산을 든 팔을 꼭 감싸안을 뿐이었다.

타인의 말을 오랫동안 기억하게 될 때, 수잔은 남의 물건을 빌려 와 돌려주지 않은 듯 찝찝함을 느꼈다. 정작 그 사람은 자기가 한 말을 기억하지 못할 수도 있는데, 이쪽에서 그의 속마음을 멋대로 간직한 셈이지 않나. 어쩌면 누군가를 좋아한다는 것은 그렇게 진 마음의 빚을 조금씩 갚아 나가는 일인지도 몰랐다. 내가 당신의 정체를 알아

채 버렸으니, 누구보다 더 깊이 이해하고 받아들여야지. 2층에서 세준의 비밀을 알아 버린 순간에도 수잔은 크게 동요하거나 배신감을 느끼지는 않았다. 조금 놀랐을 뿐이었다. 빠삐가 어둠 속에서 상자를 긁어 대고 있으니 거기 든 걸 장난감일 줄 알고 꺼내 주려던 거였는데, 박스를 뜯어 핸드폰 불빛을 비추어 보니 학위논문 표지에 금빛으로 인쇄된 학생들 이름이 묘비명처럼 드러났다. 그때부터는 직업적 호기심이 발동하여 별 감정도 없이 상자를 파헤쳤다.

사실 기자로서는 이런 갑질 사례에 대해 한두 번 들은 것도 아니었다. 다만 세준이 왜 자신에게 이 모든 걸 숨겼는지를 이해할 수 없었다. 함께 문제를 해결할 수는 없었을까? 박스 밑바닥에는 동물등록증이 깔려 있었다. 빠삐의 보호자로 세준이 등록되어 있었다. 이게 무슨 뜻이지? 수잔은 마치 마지막 퍼즐 조각이 엉뚱한 것일 때처럼 미간을 찌푸렸다. 교수가 억지로 자신의 개를 돌보게 시킨 거 아니었나? 세준은 이곳에 강제로 와 있는 게 아니었나? 그런데 왜 법적 보호자로까지 등록돼 있지? 그때 1층에서 현관문이 열렸고,

·

빠삐가 계단을 뛰어 내려갔다. 수잔은 어둠 속에서 정신을 차리고 고개를 들었다. 그리고 얼마 지나지 않아 무거운 걸음으로 올라오는 세준과 마주쳤다. 아니, 마주쳤다는 건 전적으로 수잔의 생각이었다. 2층은 그때까지도 어두웠다. 세준은 몇 걸음 앞에서 수잔이 자신을 마주 쳐다보고 있음을 모른 채 점차 앞으로 다가왔다.

수잔에게 필요한 것은 명쾌한 해명뿐이었다. 세준이 평범한 피해자이기만 하면 수잔은 모든 걸 이해해 줄 수 있었다. 어쩔 수 없이 지도교수 심부름을 하고, 어쩔 수 없이 개를 돌보며 대소변을 닦고, 어쩔 수 없이 가까운 사람에게도 피해를 털어놓지 못했다면. 수잔은 그런 경우에 어떻게 해야 하는지도 꼭 대피로를 훤히 꿴 보안 요원처럼 잘 알고 있었다. 그러나 지금 세준이 두 눈을 커다랗게 뜨고 대학원이 얼마나 치열한 정치판인지 열변 토하는 동안에는 어떤 생각도 할 수 없었다. 세준은 대학에서 자리를 얻으려면 교수가 시키는 일만 해서는 안 된다고 했다. 시키고 싶지만 그러지 못하는 것까지 눈치채고 알아서 해 드려야 한다고 했다. 교수가 혼자 사니까 자기가 적극적으로 반려동물을 마련해 드렸다고, 이건 미래를 위한 투자라고 거의 윽박을 질렀다. 수잔은 세준이 이렇게 길게 말하는 게 처음인데, 하필 이런 이야기라 슬프다는 생각을 하고 있었다.

세준이 입을 다문 건 핸드폰 진동을 느낀 순간이었다. 사실 아까부터 간헐적으로 울리고 있었지만, 변명을 하는 데 정신이 팔려 못 느낀 모양이었다. 세준은 핸드폰으로 온 메시지를 읽으며 침을 삼켰다. 무슨 재미있는 일을 생각하는 사람처럼 중간중간 웃음을 참느라 입술을 꾹 다물기도 했다. 그동안 수잔은 세준의 발목 뒤에 숨은 빠삐를 측은한 눈으로 바라봤다. 세준은 곧 입을 열어 이렇게 말했다.

"······잠깐만."

"······."

"잠깐만 1층으로 가 줄래?"

수잔은 그의 말을 듣고 한동안 움직일 수 없었다. 끔찍한 일이 어떻게 흘러가는지 보고 싶은 욕구, 잘 안다고 여긴 사람이 낯설게 느껴지는 공포, 동정심을 억누르려는 마음······. 하지만 무엇보다 혼란스러운 건 세준의 표정에 언뜻 희망이

보인다는 점이었다. 수잔은 고개를 젓고, 들고 있
던 동물등록증을 바닥에 떨어뜨렸다. 수잔은 빠
삐를 내려다보다가 등 돌려 계단을 내려갔다. 조
명을 밝게 켜 둔 게 후회스러웠다. 헤어지는 순간
은 어두워야 할 듯했다. 수잔은 1층 전등을 하나하
나 끄며 놀라울 만큼 빨리 마음을 정리했다. 가까
운 미래에 이 순간을 돌이켜 보며 무엇도 그리워하
지 않을 예정이었다. 후회도 하지 않을 거였다. 나
는 솔직했으니까. 그렇게 수잔은 주택에서 나왔고,
그녀가 떠난 어둠 속에서는 사진 찍는 소리가 경쾌
하게 울려 퍼졌다.

소등

언젠가 해수는 이런 생각을 했다. 자신이 지을 줄 아는 표정이 열 개라면, 그중 가족에게 보여 줄 수 있는 건 서너 개뿐이라고. 인간관계란 본래 그런 건지도 몰랐다. 친구끼리는 부담스럽게 굴면 안 되고, 연인에게는 추잡한 면을 감춰야 하며, 가족끼리는 섭섭한 마음을 삼켜 버릴 줄 알아야 한다. 그러니 알고 지내는 사람이 늘수록 피곤해지는 것이다. 열쇠 꾸러미를 쥔 것처럼 상대에게 맞는 표정을 매번 찾아야 하니까. 학교가 끝나고 집에 돌아오면 해수는 언제나 혼자였다. 아빠는 몇 달씩 집을 비웠고 형도 일을 시작한 뒤로 얼굴을 보기 어려워졌다. 그러나 그 침묵이 싫었던 적은 한 번도 없었다. 싱크대 앞의 작은 식탁 앞에 앉아 멍하니 시간을 보낸다. 핸드폰으로 뭘 보지도 않고, 기껏 틀어놓는 건 음악. 온종일 수능 공부에 매달린 끝에 혼자 보내는 밤은 꽤나 마음에 들었다.

하지만 사람은 누구와도 눈 맞추지 않을 때조차 표정을 짓는다. 집에 불청객이 오자, 해수는 섣불리 감정을 드러내고 말았다. 친구에게 보여줄 표정과 애인에게 보여 줄 표정, 가족에게 보여 줄 표정이 따로 있다면, 누구에게 보여 줄 수 없는 표정도 있지 않을까? 무방비한 채로 짓기 때문에 자신조차도 느끼지 못하는 표정. 다시 말해, 불 꺼진 욕실에서 혼자 샤워할 때 짓는 표정. 그건 해묵은 감정으로 쌓여 있다가 언젠가 터져 나오는 것인지도 모른다. 불청객은 그들 가족의 집에서 아주 잠깐만 머물 예정이었다. 해수, 그리고 해수의 형은 불청객과 함께 어색한 밤을 보내야 했다. 그동안 서로 많은 표정을 보여 줬지만, 그중 대부분이 가족에게는 숨겨야 할 표정이었음을 모든 일이 끝난 후에야 알게 될 것이었다. 가까운 사이일수록 부끄러운 충동을 숨겨야 하는 법이니까.

✳

　"감상적인 새끼."

　그날 밤, 형은 해수에게 그렇게 말했다. 이게 다 어떻게 된 일인지 각자 생각을 이야기하던 중이었다. 해수는 그저 고개를 끄덕이고는 앞에 놓인 물잔을 들어 몇 모금 들이켰다. 형과 대화하다 보면 스키장을 역으로 기어 올라가는 기분이 들고는 했다. 기를 쓰고 한 방향으로 나아가다가도 삐끗하면 원점으로 미끄러지는 것이다. 애초에 안 하는 게 낫다는 점에서도 비슷했는데, 그럼에도 늘 먼저 말을 붙이는 자신도 이해가 안 되기는 마찬가지였다.

　"감성적인 거지. 감상이랑 감성은 달라."

　"그거나 그거나."

　형은 의자 등받이에 몸을 기대며 한숨을 쉬었다. 두 사람은 밤중에 거실로 나와 마주 앉아 있었다. 원형 테이블에는 전자담배와 더불어 물이 담긴 유리잔이 두 개 놓여 있었고, 언제 올려놓았는지 기억도 나지 않는 해수의 책 한 권도 장식품처럼 자리를 차지했다. 거실에는 창문이 없었으나 빗소리는 어딘가의 틈으로 새어 들어왔다. 모든 것이 정상 궤도에서 벗어난 듯했다. 한겨울에 비가 내리는 건 그렇다 쳐도, 두 사람이 자정이 넘은 때에 거실에서 이야기 나누는 건 낯설기 그지없는 상황이었다. 평소 같았으면 그들은 각자 방에서 핸드폰을 보고 있을 터였다. 어쩌다 말할 일이 생겨도 메신저로 한두 마디 보내는 게 고작이었다. 특히 요 며칠은 형이 밤늦게 밖에 나가 있기 일쑤였는데, 아빠가 출장을 떠나 있는 동안에는 늘 펼쳐지는 일상이었다.

두 사람은 한참 말이 없었다. 형이 어떻게 생각하든 해수는 자기 판단이 옳다고 믿었다. 굳이 설득할 마음도 들지 않았다. 어쨌든 이 모든 건 아빠가 시작한 일인데, 아빠에 관해서는 방을 같이 쓰는 자신이 더욱 잘 알 테니까. 그들이 사는 집은 좁은 평수에 투룸을 구현하고자 방 외의 모든 공간을 비좁게 만든 꼴이었다. 현관문 열고 들어오면 방문이 두 개 보였다. 현관 바로 오른편에는 싱크대와 가스레인지, 냉장고와 선반이 마치 어깨를 잔뜩 구기고 몸을 맞댄 듯한 꼴로 자리해 있었다. 화장실이 취사 공간과 너무 딱 붙은 것도 문제였지만, 화장실 문이 한 번도 닦지 않은 듯 꾀죄죄한 거야말로 집 안 분위기를 어둡게 하는 데 큰 몫을 했다. 두 개밖에 없는 주제에 방은 또 좁은 게 있고 넓은 게 있는데, 좁은 방을 형이 혼자서 쓰고 넓은 방을 아빠와 해수가 쓰게 되었다. 그리고 그것이 온갖 귀찮은 일의 시작이었다.

아빠는 건물에 전기 배선하는 일을 했는데, 자기 일에 대단한 자부심이 있었다. 그걸 아들이 모르기라도 할까 걱정되는지 방 안에 건물 사진들을 붙여 놓고 밤마다 전기에 관해 설명하기까지 했다. 전기가 어떻게 건물까지 들어오는지, 그래서 어떤 원리로 집을 짓고 난방을 하고 전등에 불을 켤 수 있는지……. 희한하게 아빠는 늘 이불을 펴고 누우려는 찰나에 이야기를 시작했다. 해수는 남의 집에 불이 들어오건 말건 우리 방 불부터 껐으면 싶었지만, 솔직히 아빠의 말이 아주 싫지는 않았다. 거기에는 십 대 소년이 동경하기 마련인 이른바 진짜 인생이 담긴 듯했다. 숙련공만의 노하우, 그걸 자신이 인정하는 신참에게만 알려

주는 현장의 법칙, 재개발 건물 디테일을 알기 위해 공사장에 숨어드는 투기꾼들. 아빠가 공사 지역 숙소에 몇 달간 머무는 동안이면 해수는 벽에 붙은 사진들을 멍하니 바라볼 때도 있었다.

반면에 형은 아빠가 집을 비우면 퇴근 후 꼬박꼬박 술 마시고 들어왔다. 술집 중에도 카페처럼 쿠폰에 도장 찍어 주는 곳이 있는 건가? 해수가 그렇게 물으면 형은 픽 웃으며 담배 물고 제 방으로 들어가는 식이었다. 그러니 해수가 독서실에 있다 10시쯤 집에 들어왔을 때, 형이 거실 테이블 앞에 앉아 있는 걸 보고 그는 무언가 잘못되었음을 즉각 알 수 있었다.

형은 지금 해수의 방에 낯선 할아버지가 잠들어 있으며, 그들이 당분간 데리고 있어야 할지 모른다고 말했다. 그리고 아빠가 불과 한 시간 전에 그 할아버지를 직접 데리고 와서 맡겨 두었다고도 덧붙였다. 할아버지? 친가 쪽? 해수는 머릿속으로 가계도를 그리며 미간을 찌푸렸지만, 형은 그 할아버지가 핏줄로는 아무 관련이 없다고 이야기를 시작했다. 평소처럼 낮은, 하지만 조금 상기된 목소리로 형은 아빠가 문을 두들기던 순간에 대해 설명했다. 정확히는 두들긴 게 아니라 발로 쿵쿵 찬 것이었다고, 듣자마자 경계심이 일었다고 했다. 그때만 해도 해수는 소리만 듣고 발차기와 주먹질을 구분할 줄 아는 게 웃길 뿐이었으나, 그다음에 형이 들려 준 이야기는 해수의 얼굴에서 웃음을 싹 말려 버렸다. 현관문을 열어 보니 아빠가 기절한 할아버지를 안은 채 서 있더라는 거였다.

아빠의 모습은 여러모로 낯설었다고 했다. 조그만 할아버지를 쌀 포대처럼 품에 안은 건 둘째 치더라도 아빠 얼굴이 그토록 하얗게 질린 모습은 처음 봤다. 한겨울인데도 머리칼에 식은땀이 송골송골 맺혀서 건드리면 와르르 쏟아질 듯했고, 그 와중에도 눈동자만은 맑게 빛나는 게 오히려 기묘했다. 형은 일단 현관에서 자리를 비켜 주었다. 아빠는 안으로 들어와 할아버지를 해수의 방에 눕힌 뒤 형과 거실 테이블에 마주 앉았다. 그때 형은 머릿속에 떠오르는 대로 온갖 질문을 아빠에게 퍼부었다. 일은 어쩌고 이 시간에 여기 와 있냐, 저 할아버지는 누구냐, 무슨 사고를 친 거냐, 민간인을 감전시키기라도 한 거냐, 병원에는 데리고 간 거냐……. 형은 말을 하면 할수록 점점 극단적인 상황을 상상하게 되었지만, 기대와 달리 아빠는 한 번도 웃음을 터뜨리거나 손을 내젓지 않고 그저 시선만 내리깐 채 앉아 있었다.

거기까지 말하고 형은 벌떡 일어나 해수의 방 쪽으로, 본인 말대로라면 할아버지가 잠들어 있을 곳 앞으로 가서 문에 귀를 갖다 댔다. 해수는 입을 벌리고 앉아 형의 표정을 바라보기만 했다. 눈까지 가늘게 뜨고 방 안의 소리에 집중하는 꼴을 보니 헛웃음이 날 듯했다. 형이 겁먹은 걸 보는 게 너무 낯설어서 그럴까? 아빠가 기절한 할아버지를 안고 등장했다면 그건 심각한 일이기는 하다만, 도대체 현실 같지가 않았다. 두 사람이 조금 더 우애 좋은 형제였다면 해수는 이게 다 형의 장난이라고 확신했을 듯했다. 형이 자리로 돌아와 말을 이을 때도 해수는 멍하니 듣기만 했다. 두 사람에게 미안하다고 거듭 웅얼거린 것을 제외하면 아빠는 딱 세 마디만 남긴 뒤 돌아갔다고 했다. 저 할아버지는 공사판을 배회하던 노인이고, 기절한 게 아니라 차 타고 오던 중에 잠든 것이며, 위험한 일에 휘말린 것 같으니 누구의 눈에도 띠면 안 된다는 것이었다.

"그래서, 봤어?"

"뭐를."

"할아버지. 일어나서 얘기하고 뭐 그러는 거 봤냐고."

형은 고개를 저었다. 그러고는 딴소리를 했다.

"절대 어디 알리지도 말고 신고하지도 말래. 자기가 연락할 때까지 기다리래."

"……."

"……씨발, 진짜."

형은 자리에서 일어나 좁은 거실을 서성거렸다. 집의 평수에 따라 스트레스 푸는 방법도 다르겠구나, 문득 그런 생각이 들었지만, 이제 보니 그토록 한가한 상상이나 할 때는 아니었다. 그래도 해수는 심각한 기분은 아니었다. 할아버지를 아직 보지 않아서일지도 몰랐다. 아빠가 할아버지를 안고 들어올 때의 그 표정을 보지 못해서일지도 몰랐다. 어쨌거나 해수는 아빠가 죄를 짓고 숨길 사람은 아니라고 믿었다. 그렇다고 또 나서서 남 도와줄 위인은 아닌데……. 그 순간 해수의 눈앞에 한때 아빠가 묘사했던 어느 풍경이 스쳤다. 형이 화장실에 들어가려는데, 해수는 그 등에 대고 혹시 할아버지가 다치지는 않았는지 물었다. 형은 냉랭한 낯으로 고개를 살짝 끄덕였다. 해수는 거실에 혼자 남았다. 냉장고 소음이 혼자 있을 때만 잘 들리듯이 지금 그들 앞에 얼마나 곤란한 일이 놓여 있는지 그때 비로소 알 수 있었다.

물론, 해영은 그렇게 생각하지 않았다.

알긴 뭘 알아? 화장실 거울 속을 노려보며 그렇게 생각했다. 동생과 대화할 때마다 드는 생각인데, 모범적이고 단순한 사람과는 거리 두는 게 상책이었다. 태생적으로 규칙을 잘 지키는 이들은 남들이 왜 인생을 복잡하게 사는지 이해하지 못한다. 주변 사람에게 별 악의도 없다. 그러니 나쁜 마음을 먹을수록 이쪽만 비참해지는 법이었다. 오 년 전, 지금 이 집에 이사 올 때도 해영은 동생의 순진무구한 얼굴에 화가 치밀었다. 형이 곧 고등학교에 가게 되었으니 학군 좋은 동네로 옮기는 거다, 라는 아빠의 말을 곧이곧대로 믿는 듯했으니까. 거짓말이었다. 중요한 건 해수였

을 것이다. 중학생 되기도 전부터 공부에 소질을
보인 녀석이었다. 작은아들 칭찬을 하도 듣다 보
니 아빠는 우량주에 투자한 개미의 심정이 되었
겠지. 그리하여 그들은 신발장과 거실과 주방이
하나로 통합된, 아빠가 주장하기로는 아늑한 전
세방에서 서울살이를 시작한 거였다.

　무언가를 미워할 때면 항상 그런 식이었지만,
해영은 서울로 오는 게 그렇게까지 싫지는 않았
다는 걸 학기가 시작되자 알게 되었다. 새 친구들
사귀기는 걱정했던 만큼 어렵지 않았다. 해수가
재능을 찬탄하는 어른에 둘러싸이듯 해영은 서로
비슷한 부류임을 알아보는 골초들에 둘러싸였다.
귀가 시간은 날이 갈수록 늦어졌다. 서울은 불빛
을 무기로 한 싸움이 밤마다 벌어지는 곳이었고,
친구들과 건물 사이를 누비다 보면 아빠의 거짓
말이 명백해지는 게 통쾌하기까지 했다. 아무리
말썽을 피우고 돌아와도 아빠는 별 꾸중도 하지
않았다. 그러나 지금 아빠가 할아버지를 안고 돌
아오게 되자 그간의 평온한 일상이 꼬이는 것 같
았다. 도대체 뭔 짓을 하고 다니는 거야? 해영은
그렇게 말을 뱉고 평소처럼 버르장머리 운운이

돌아오기를 기다렸으나, 아빠는 경험 부족한 비행 청소년처럼 초조히 앉아 있기만 했다. 입을 연 것은 한참 시간이 흐른 뒤였다.

할아버지가 언제 처음 나타났는지는 모르지만, 모두의 골칫거리가 되기까지는 얼마 걸리지 않았다고 아빠는 말했다. 해영은 이 이야기를 동생에게 비밀로 부쳐야겠다고 마음먹었다. 아빠가 일하는 현장은 여러모로 골치 아픈 곳이었다. 오래된 상가 단지였는데 상인들을 내보내고 주상복합 아파트를 짓는다고 했다. 할아버지가 찾아다녔다는 찻집도 그 상가 어딘가에 있었을 터였다. 거기 친구들이 기다리고 있거든……. 할아버지는 그렇게 웅얼거리며 공사장 주위를 배회했는데, 겉모습은 말짱했다. 처음 보는 사람은 할아버지가 말하는 찻집이 정말 근처에 있는지 주위를 두리번거릴 정도였다. 한번은 경찰이 할아버지를 데려가기도 했다지만 별 소용이 없었다. 이튿날 조금 늦게 찾아올 뿐이었다. 아빠가 밤에 숙소 근처를 걷다가 정장 입은 남자들이 할아버지를 차에 태우려는 모습을 봤을 때, 그게 비현실적인 상황으로 느껴진 것이 그 때문이었다.

.

그러게 왜 주제넘은 짓들을 하는 건지……. 화장실에서 창문을 열고 전자담배를 한참 피운 뒤, 해영은 웅얼거리며 실내로 돌아왔다. 그제야 집에 소란이 벌어지고 있다는 걸 알 수 있었다. 얇은 벽 너머로 해수가 누군가와 대화하는 소리가 들려왔다. 해수의 방문이 닫혀 있었고, 그 너머의 목소리는 딱 알아듣기 어려울 정도로 뭉개져 들렸다. 상황을 받아들이기까지는 시간이 필요했다. 자신이 화장실에 있는 동안 해수는 방으로 들어가 할아버지에게 말을 건 것 같았다. 하지만, 뭐 하러? 노인이 잠에서 깨면 골치 아프다는 것쯤은 누구나 알 텐데. 해영은 테이블 앞에 앉아 다리를 떨기 시작했다. 이런 일이 벌어질까 봐 아빠의 이야기 중 대부분을 걸러 냈는데, 차라리 말해 주는 편이 나았던 걸까. 어쩌면 해수는 할아버지가 정말 존재하기는 하는지 궁금했는지도 몰랐다. 빌어먹게 착한 마음에 어디 다치지는 않았는지 확인하고 싶었는지도.

그렇지만, 만일 그런 거였다면 더더욱 오기가 치미는 것이다. 사실 아빠가 일터로 돌아가자마자 해영은 이 일을 어떻게 해결하면 좋을지 결

론을 내렸다. 경찰에 신고하면 되는 것이다. 실종 노인을 데리고 있으니 와서 해결해 주십시오. 아빠는 몸을 떨며 말했었다. 남자들이 할아버지를 차에 태우려던 순간에 대해서. 차 문 밖으로 삐져나온 앙상한 팔다리, 그걸 마치 자꾸 벌어지는 종이 상자 뚜껑인 양 구겨 넣던 손아귀에 대해서. 할아버지의 낡은 구두가 떨어지자 저도 모르게 달려가 주워 들었던 순간, 지금 뭐 하는 거냐고, 자신이 할아버지의 보호자라고 말한 순간에 대해서……. 할아버지는 몸이 떨려서 걷지 못했고, 아빠는 할아버지를 안고 자신의 차가 있는 곳으로 걸어갔다. 그들의 시선이 목덜미로 느껴졌을 것이다. 아빠는 경찰이 해 줄 수 있는 일이 아무것도 없다고 말했다. 그래 봐야 할아버지는 또 공사장에 나타나 같은 일을 겪을 거라고.

하지만 그 사람들이 도대체 뭐 하는 작자들인지는 아빠도 아는 바가 없었다. 자신이 흥분해서 따지는데도 매끈한 낯빛으로 아무 대꾸도 않더라고 했다. 알고 보면 별것 아닌 일 아닐까? 해영은 냉장고에서 캔맥주를 꺼냈다. 다닐 만한 직장을 잡은 지 이제 겨우 반년이었다. 친구들 중에는 졸업하고도 버릇 못 고친 애들이 있었는데, 그중 하나는 철거 현장에서 이른바 용역을 뛰기도 했다. 적당히만 다치게 하려고 하나 둘 셋, 수를 세며 목을 조른다는 소리를 무용담처럼 떠들던 게 귀에 쟁쟁했다. 아직도 그런 일이 있다고? 그 이야기가 너무 강렬해서 지금도 상황을 극단적인 쪽으로 상상하는 건 아닐까. 그 남자들은 사실 할아버지 집을 찾아 주려다가 아빠에게 한 소리 들은 착한 사람들일지도 몰랐다. 해영은 그렇기를 거의 바라는 심정이었으므로, 마침내 동생이 거실로 나왔을 때 그 표정이 썩 밝은 것이 반갑기까지 했다.

동생은 해영에게 미소를 지어 보였다. 그러고는 냉장고를 열고 그 앞에 쭈그려 앉았다. 방문은 다시 닫혀 있었고, 할아버지는 나오지 않았다. 해영은 동생이 먼저 입을 열기를 기다렸다.

"정신이 온전치 않으시다고?"

해영은 그 말에 입술을 달싹였다. 아빠가 그러던데, 같은 말은 어쩐지 하고 싶지 않았다. 해수는 냉장고를 닫고 일어나 이번에는 싱크대 위 선반을 열어 보았다. 언제 어디서 난 건지도 모를 찻잔과 유리잔 따위를 하나하나 테이블에 내려놓았다. 달그락거리는 그 소리 사이로 해영은 누군가가 이불 개는 소리를 들은 것 같았다.

"뭘 찾는 건데. 말을 해."

"아닌 거 같던데. 엄청 멀쩡하시던데."

이번에도 해영은 별 대답을 할 수 없었다. 그걸 어떻게 알아, 이것도 입 밖으로 내고 싶지는 않은 말이었으니까. 해묵은 짜증이 몰려왔다. 동생은 원래 이런 사람이었다. 상대방이 뻔한 대답을 할 수밖에 없게 몰아가는, 그래서 자꾸 궁지에 몰린 기분이 들게 하는 사람. 동생은 가스레인지에 주전자를 올리며 말을 이었다. 할아버지는 자신이 어떤 상황에 있는지 아는 것 같았다고. 소리가 나지 않게끔 방에 들어갔지만, 할아버지가 바짝 긴장하며 숨을 들이쉬는 소리는 경보음처럼 선명히 들렸다. 동생은 스스로 예상한 것보다 훨씬 크게 놀랐다. 낯선 사람이 잠들어 있다고는 들었지만 정말로 있을 줄이야. 동생은 자기가 침입자인 양 불도 못 켜고 횡설수설했다. 여기까지 차로 태워 준 분이 우리 아빠인데, 그냥 머물게 해 드리는 거니 괜한 걱정은 안 하셔도 되고, 그런데 혹시 무슨 일이 있었던 건지…….

이야기를 거기까지 들었을 때, 해영은 방 안에서 들려오는 낯선 목소리에 고개를 홱 돌렸다. 할아버지 목소리라기에는 전혀 떨림이 없었다. 옆집 소리는 아닌가 싶을 정도였다. 정확히 알아들을 수는 없지만, 무슨 말을 오해 없이 전달하고자 천천히 불러 주고 있다는 것쯤은 알 수 있었다. 해영은 이제 자기 맞은편에 앉아 있는 동생에게 의구심이 담긴 눈길을 던졌다. 그는 잠시 머뭇거린 뒤 이렇게 말했다.

"친구분한테 전화하시는 거야."

"친구?"

"친구분들이 데리러 오실 거래. 우리 주소도 몇 번 듣고 외우시던데."

그 말을 끝으로 두 사람은 입을 다물었다. 해영은 동생 눈을 오래 마주 볼 수 없었다. 그 이유가 무엇인지도 모른 채 시선을 테이블에 떨어뜨렸다. 집에 있었는지도 몰랐던 일본풍 찻잔들이 일정한 간격으로 놓여 있었다. 세 잔. 가스레인지에 올린 주전자가 침묵을 메우려는 듯 들썩였고, 동생은 자리에서 일어나 주전자 속으로 녹차 이

파리를 떨어뜨렸다. 해영은 동생의 뒷모습을 보다가 입을 열었다.

"그런 건 없어."

동생은 한 손에 뚜껑을 든 채 주전자 안을 들여다보고 있었다. 어쩌면 해영이 더 말을 이어 가기를 기다리는지도 몰랐다. 해영은 유약하고 순진한 사람을 볼 때마다 고개 드는 충동을 이번에도 억누르지 못할 것 같았다. 할아버지의 친구 같은 건 이 세상에 없다고 말하고 싶었다. 누구도 저 할아버지를 데리러 오지 않을 것이고, 지금쯤이면 아빠도 집에 데려온 걸 후회하고 있을 거라고. 문득 모든 일이 분명해졌다. 부자들이 살아갈 고층 아파트, 그곳을 끝없이 배회하는 할아버지를 어딘가 데려가려고 했던 남자들은 결코 착한 사람들일 리가 없었다. 가스레인지를 끄고 온 동생에게 해영은 준비한 말을 쏟아내려 했다. 동생의 이상할 만큼 빛나는 표정이 무너지는 걸 보고 싶었다. 방문이 열리고 낯선 목소리가 들리지 않았다면, 정말 그렇게 되었을 것이다. 두 사람은 문틈으로 시선을 돌렸고, 그 뒤로 한참 동안 서로를 쳐다보지 못했다.

비는 그치지 않았다.

그 순간 해수가 아빠의 사진들을 떠올린 건 우연이 아니었다. 벽에 붙은 현장 사진 중 가장 눈에 띄는 건 밤중에 찍은 건물이었는데, 눈을 가늘게 뜨면 우주의 풍경처럼 보일 정도로 수많은 전등이 그곳에서 빛을 내고 있었으니까. 아빠에게 여러 이야기를 들은 덕분에 해수는 어둠에 관해 많은 걸 알게 된 것 같았다. 한번은 아빠가 공사를 마친 뒤 심정이 어땠는지 말해 준 적 있었다. 지금보다 젊었을 때, 처음으로 아파트 작업에 들어간 시기였다. 동료들과 나란히 팔짱을 끼고 아주 어두운 터널을 통과하는 기분이었다고 했다. 한 명이 무언가에 발 걸려 넘어지면 모두가 균형을 잃기 일쑤라, 결국 다 함께 걸음을 멈추고 어두운 바닥을 더듬어서 돌부리를 뽑아내야 하는 식이었다. 다들 자기 역할을 할 뿐이었다. 그리하여 완벽한 결과물을 낳으리라는 생각은 거의 믿음에 가까웠다.

그렇게 몇 달의 일을 마무리하면 거대한 건물의 모든 전등에 불이 들어오는 날이 찾아온다. 집

·

에 할아버지가 있다는 걸 확인했을 때, 그러니까 어두운 방에 들어가 연필로 스케치한 듯 윤곽만 보이는 할아버지에게 말을 붙였을 때, 해수는 자신이 아빠의 말을 귓등으로 들어왔음을 알 수 있었다. 해수는 아빠의 직업적 자부심이 얼마간 꾸며진 것이라고 생각해 왔다. 자부심을 가지려고 노력하는 게 뻔히 보인다고 할까. 그 공사로 생기는 수익 중 아빠에게 떨어지는 게 현저히 적은 마당에 무슨 보람을 느낀다는 말인지. 그런데도 아빠의 이야기는 비할 데 없이 감상적이었다. 아파트가 밤중에 불을 밝혔을 때, 비록 골격뿐인 형상이었음에도 훗날 그곳에 살아갈 수많은 이들이 눈앞에 그려지는 듯했다고 했다. 무대에 조명이 들어오면 이야기가 시작되듯, 여기저기 흩어져 있을 주인공들이 자기 자리를 찾아 모여들 것 같았다고.

그때 해수는 대답을 적당히 얼버무리고 이불 속에 몸을 누였던 걸로 기억했다. 그러니 그는 중요한 질문을 던지지 못한 셈이었다. 무대에 조명이 들어온 순간, 주인공이 아닌 사람이 자리를 차지하고 있으면 어떻게 해야 할까. 할아버지와 어둠 속에서 대화를 나누며 해수는 차마 전등을 켜지 못했으나, 할아버지가 일어나려고 뒤척이는 소리가 들려오자 저도 모르게 책상 스탠드를 켜게 되었다. 할아버지와 눈이 마주친 것이 그때였다. 이상한 일이었지만 그 순간 해수는 부끄러움을 느꼈다. 불을 켜기 전에는 이런저런 말을 떠들었는데도 막상 할아버지의 모습을 보고 나서는 아무 말도 하지 못했다. 정신이 온전치 못하다는 말을 듣고 막연히 어리둥절한 표정을 상상했던 걸까? 할아버지는 겁먹은 눈으로 해수를 올려다보고 있었는데, 거기에는 타인이 쉽게 읽을 수 없는 복잡한 생각이 숨어 있는 듯했다.

오랜 침묵 끝에 할아버지가 입을 열었을 때, 해수는 몇 초간 숨을 참고 있던 것 같은 기분이었다. 핸드폰이 고장 났다고, 전화를 좀 쓸 수 있느냐고 할아버지는 물었다. 해수는 몸수색이라도 당하는 사람마냥 호주머니에서 핸드폰을 급히 꺼냈다. 할아버지의 눈길을 다른 곳으로 돌리고 싶었다. 해수는 살짝 웃으며 핸드폰을 들어 보이고는 가까이 다가가 할아버지의 손에 쥐어 주었다. 그러고는 책상 앞 의자를 끌어다 앉아 할아버지를 꼼꼼히 살펴보았다. 뭐랄까, 자신을 말끔하게 꾸밀 줄 아는 사람이 며칠 동안 빗과 로션을 압수당한 꼴 같았는데, 그저 자고 일어나 그런 것일 수도 있었다. 핸드폰을 다루는 손도 느려 터지기는 했지만 어쨌든 사용할 줄은 아는 게 분명했다. 할아버지는 고개를 들어 이 집 주소를 물었고, 주머니에서 수첩을 꺼내 보며 머뭇거리듯 다이얼을 눌렀다. 통화 연결음이 이어지다가 곧 누군가의 목소리가 아주 먼 곳에서 흘러 나왔다.

　해수는 자신이 본 걸 형에게 다 설명할 수 없었다. 할아버지가 예상보다 빨리 통화를 마친 뒤 거실로 나왔으니까. 알고 보니 정신이 멀쩡한 것 같다는 소리를 바로 당사자 앞에서 할 수는 없었다. 하지만 그 모든 상황을 말해 줬더라도 형의 태도가 달라지지는 않았을 것 같았다. 형은 그새 맥주를 빠르게 마셔 취기가 오른 듯했다. 할아버지 정신이 온전하지 않다고 증명이라도 하고자 작정한 것 같았다. 할아버지는 거실로 나오자 더 초조한 표정이었는데, 형은 거기에 대고 이것저것 캐묻기 시작했다. 친구들이 어디 사는지 물었고 그들이 각각 어떤 사람인지도 집요하게 질문했다. 여기로 데리러 올 거라는 사람이 운전을 할 줄 아는 건지, 마지막으로 친구분을 본 게 언제인지, 가족이 걱정하지 않는지, 아무리 떨어져 살더라도 이런 상황이라면 가족에게 먼저 알려야 하지 않은지…….

"그만 좀 해."

해수는 찻잔으로 테이블을 톡톡 두드리며 말했다. 그리고 자신의 행동에 내심 놀랐다. 마치 도서관에서 떠드는 문제아에게 주의를 주듯 형의 말을 끊었다는 데에. 마치 이곳에 그들의 말을 들으면 안 되는 누군가가 있다는 듯한 태도였다. 해수는 공연히 주위를 둘러보았다. 나뭇결을 흉내 낸 벽지는 군데군데 찢어져 테이프가 붙어 있었고, 낡아 빠진 주전자에서는 여전히 김이 피어올랐다. 모든 게 그대로인 듯했다. 달라진 건 형의 눈빛뿐이라고 해수는 생각했다. 형은 여지껏 본 적 없는 눈빛으로 매섭게 그를 쏘아보았다. 해수는 겁을 먹은 채로 형의 입에서 무슨 말이 나올지 기다렸다. 그 와중에도 할아버지는 초조하게 두 손을 모아 비틀며 현관문을 힐끔거리고 있었다.

"그만하기는 무슨."

"……."

"범죄인 걸 알고는 있지? 정신 나간 노인을 마음대로 데려와서 신고도 안 하는 거."

정신 나간 노인, 이라는 말에 해수는 고개를 돌려 할아버지를 봤다. 그러자 할아버지도 고개를 돌려 해수의 시선을 맞받았는데, 지금 오가는 말을 할아버지가 얼마나 이해했는지는 표정만으로는 알 수 없었다. 형은 혼잣말을 시작했다. 이런 식으로 손해 보는 짓은 여기까지일 거라고 구시렁대기도 했다. 해수는 여태 들은 목소리들이 머릿속에 뒤엉키는 기분이었다. 할아버지가 형에게 조금 더 똑똑한 모습을 보여 주면 좋을 것 같았다. 그 역시 할아버지가 완전히 멀쩡하다고 믿은 건 아니었다. 조금만 말을 섞어 봐도 이상하다는 건 알 수 있었다. 할아버지는 꼭 머릿속에 카세트테이프가 들어 있는 것처럼, 이쪽에서 무슨 말을 건네건 미리 준비된 말을 순서대로 늘어놓는 듯했다. 하지만 할아버지가 통화하는 목소리를 들은 이상, 적어도 통화 상대가 존재한다는 걸 아는 이상 할아버지의 말을 다 헛소리로 치부할 수는 없었다.

　형은 자리에서 벌떡 일어났다. 해수는 고개를 들어 형에게 자신의 생각을 말하려 했지만, 머릿속을 부유할 뿐인 생각을 입 밖으로 내기란 쉽지 않았다. 그가 꺼내려던 것은 이런 질문이었다. 어떤 이들이 우리의 눈에 이상해 보인다면, 그들에게도 우리가 이상해 보이지 않을까? 그들에게는 우리야말로 이해할 수 없는 무리가 아닐까? 테이블에 올려놓았던 해수의 핸드폰이 진동했다. 해수는 전화를 받지 않았다. 모두의 눈이 핸드폰 화면으로 집중되었다. 그러나 누구도 그에게 전화를 받으라고 하지 않았다. 형은 방으로 들어가 버렸고 할아버지는 해수의 얼굴을 물끄러미 쳐다볼 뿐이었다. 해수는 할아버지의 친구에게서 온 전화임을 알았으나, 할아버지에게 핸드폰을 건네지는 않았다. 자신이 통화가 끊어지기를 기다리고 있음을 자각했을 때 그는 전화를 받았고, 긴장했던 것이 무안할 만큼 나긋나긋한 목소리가 그의 귓바퀴로 흘러들었다.

"그래도 진짜였어."

해영은 그 말에 고개를 끄덕였다. 동생은 평소 습관대로 아랫입술을 깨문 채 테이블을 내려다보고 있었다. 할아버지가 집에서 나간 뒤 급격히 피곤이 몰려왔다. 시간은 자정이 넘었고 모든 일이 해결되었는데, 왜 방으로 들어가지 않는지 스스로도 알 수 없었다. 너무 많은 사람들이 왔다 간 듯했다. 해영은 주머니에서 핸드폰을 꺼내봤지만 아빠에게서는 아직도 아무 연락이 없었다.

이 일을 어떻게 마무리했는지 말해 주면 아빠는 어떤 얼굴을 할까. 콜센터 일이 생각보다 괜찮더라고 말할 때도 해영은 비슷한 생각을 했었다. 아마 깜짝 놀라겠지. 그런 것은 유순한 사람이 할 일이라고 생각할 테니까. 하지만 상냥한 목소리를 들려주는 일은 착한 것과 아무런 관련이 없었다. 전화 통화의 특징이라면 얼굴을 안 보고 대화한다는 것, 그래서 상대방의 표정을 마음대로 상상할 수 있다는 것인데, 재밌는 점은 한창 대화 나누는 중에는 그 어떤 얼굴도 상상하지 않게 된다는 사실이었다. 말에 집중하느라 그런 걸까? 타인의 표정은 언제나 통화 도중 침묵할 때만 눈앞에 떠올랐다. 끝없는 전화와 전화 사이의 짧은 순간마다, 해영은 애정보다 증오를 더 많이 받아 본 이들의 볼품없는 얼굴을 떠올렸다. 그런 인간들이 가득한 세상에서는 얼마든지 괜찮은 사람이 될 수 있다는 기묘한 생각이 들었다.

할아버지와 해수를 내버려 두고 방에 들어왔던 순간에도, 해영은 평범한 사람이 할 만한 일을 자신이 하고 있다고 믿었다. 누구든 자신과 상관없는 일 때문에 곤란해지기는 싫은 법이니까. 그래도 처음부터 경찰에 연락할 생각은 아니었다. 방문을 닫은 뒤, 마치 누군가가 침입하려는 것을 막으려는 양 문에 등을 기대고 섰다. 그리고 아빠에게 전화를 걸었다. 아빠가 이 상황을 해결해 주기를 기대한 건 아니었다. 그런 건 바라지도 않았다. 다만 신고해도 우리에게는 별문제가 없다는 말을 듣고 싶었다. 지금껏 데리고 있던 것만으로도 처벌받지는 않을까? 혹시 아빠가 가족에게도 털어놓지 못한 게 있는 건 아닐까? 아빠가 말한 남자들에게 무슨 앙갚음이라도 당하는 건 아닐까? 새하얗게 질린 그 얼굴이 아직도 눈앞에 선했다. 아빠가 조금이라도 잘못한 게 있다면, 경찰에 신고하지 말라던 말이 사실 그 자신을 위한 거였다면…….

통화 연결음은 무한히 이어졌고, 끝끝내 아빠에게서는 한마디도 들을 수 없었다. 해영은 전화를 끊고 방바닥에 앉았다. 어두운 방 안에서 닫힌 문을 올려다보았다. 여기서는 알아들을 수 없는 이야기를 두 사람이 나누고 있었다. 아니, 세 사람인가. 네 사람 같기도 했다. 들은 적 없는 목소리들이 뒤엉켜 들려왔다. 문틈 사이로 새어 들어오는 거실의 불빛을 해영은 보고 있었다. 동생이 핸드폰으로 스피커폰을 켠 모양이었다. 머나먼 시대에서 건너오는 듯 낯설고도 낭랑한 음성이라고 그때 해영은 생각했다. 경찰에 신고하는 건 생각보다도 아주 간단한 일이었다. 할아버지는 금세 그들의 집에서 치워졌다. 이제는 다 지나간 일이었다.

"형."

"응."

"진짜로 모여 있다고 했어. 할아버지 같은 사

람들이."

　동생이 시선을 들어 올렸다. 해영은 테이블 너머 동생의 표정에 놀랐다. 그러고 보니 동생이 화내는 꼴은 전에 본 적이 없었다. 두 사람은 잠시 마주 보다가 서로 다른 곳을 봤다. 천장에 매달린 전등이 숨이 다할 듯 깜박거렸다. 차라리 모든 게 어두워졌으면 했다. 사랑받는 어린아이가 잠자리에 들 때처럼 누군가가 불을 꺼 주었으면 했다. 경찰이 문을 두드렸던 순간에도 해영은 방 안에 앉아 있었다. 해수가 그들을 안으로 들이자, 거실에 울리던 낯선 목소리들은 풀벌레 울음처럼 사라졌다. 경찰은 두 사람에게 많은 걸 묻지 않았다. 소용이 없음을 눈치챘는지도 몰랐다. 그들은 정말 아무것도 몰랐으니까. 두 사람은 한참이나 방으로 돌아가지 못했고, 시간은 차츰차츰 더 어두운 순간으로 흘러가고 있었다.

피식자의 만찬

피식자의 만찬

담배를 왜 피우냐고 물으면, 보통 얼떨떨한 표정을 짓습니다. 흡연자끼리는 그런 걸 묻지 않기 때문입니다. 세상에는 이유 없는 일이 가득합니다. 오래된 친구 앞에서 침묵해 본 적 있습니까. 수다를 떨다가 순간 입을 다물고, 친구의 얼굴을 빤히 봅니다. 사람 얼굴이 낯설어지는 데 십 초면 충분합니다. 문득 깨닫는 겁니다. 이 사람은 나에게 중요하지만 사실 꼭 이 사람이어야 하는 이유는 없다는 것을…… 더미와 나도 마찬가지입니다. 한때 둘도 없는 사이였지만 다시 만나기까지 많은 우연이 필요했습니다. 나는 어른이 되어 배우가 되었고, 운 좋게 드라마 주연을 맡았고, 많은 사랑을 받았습니다. 그리고 더미는 나를 잊지 않고 있었습니다. 고등학교 졸업 앨범을 꺼내 봤을지 모릅니다. 내 얼굴을 짚으며 노려봤겠지요. 학창 시절의 악몽, 자신이 괴롭힘을 당할 때 철저히 외면한 비겁자의 얼굴을.

우리는 지금 이 장소에서 세 번 만났습니다. 나는 이곳에 올 때마다 생각했습니다. 이런 공간은 뭐라 불러야 하나. 가게를 차릴 공간이지만 아무도 장사하지 않는 곳. 창문에 크게 임대, 라고 적혔으나 누구에게도 임대하지 않은 곳. 바닥과 벽이 모두 새하얗습니다. 색깔이 있는 것은 우리가 앉은 나무 의자와 원형 테이블뿐입니다. 닫아 놓은 통창 너머로 맞은편 건물 옥상이 내려다보이지요. 을지로 골목에 흔한 루프톱 술집. 오늘도 젊은 취객들이 연거푸 술을 마십니다. 시끄러운 음악. 잠깐의 침묵도 허락하지 않는 둔중한 베이스 소리가 여기까지 들립니다. 신기합니다. 저 많은 사람이 각자 다른 화제로 떠드는데, 모두 비슷한 표정으로 비슷한 소리를 내며 웃습니다. 사람의 감정이란 풍부한 게 아니라 사실 턱없이 단순한 게 아닐까. 그래서 우리는 감정을 좋아하는 게 아닐까.

이곳까지 불러 놓고 흰소리가 길었습니다만, 나도 당신 앞에서 노력하고 있음을 알아주기를. 내 지인 중 한 명은 안경을 늘 끼고 다니는데, 밖에서 안경을 벗으면 쑥스러움이 많아진다고 합니다. 눈앞이 흐릿해지고 익숙한 사람들이 낯설어지면 불청객이 된 듯한 기분이라고. 얼마 전부터 내가 그렇습니다. 남들 눈에 내가 어떻게 보일지 감이 오지 않습니다. 본래는 이렇지 않았습니다. 배우라는 인간이 그렇습니다. 연기를 하다 보면 마음속 거울이 하나 생기는 것 같습니다. 그 거울로 자신의 모습을 타인처럼 지켜봅니다. 심드렁할 때 어떤 얼굴인지, 긴장할 때 어떻게 입술을 움직이는지, 기쁨을 억누를 때 표정이 어떻게 바뀌는지……. 그런데 더미를 다시 만나고부터는 달라졌습니다. 거울이 없어진 겁니다. 갑자기 자기 모습을 볼 수 없어 불안한 기분을 남들은 결코 모를 것 같습니다.

처음 연락을 받은 것이 백 일도 안 됐습니다. 배우가 된 지 팔 년, 처음으로 드라마 주연을 맡아 방영 중이던 때였습니다. 개인 메일 주소를 어디서도 공개하지 않았는데 간혹 팬들의 메일이 날아오고는 했습니다. 그중 그 메일이 끼어 있었습니다. 오랜만, 이라는 제목이었습니다. 자신이 학창 시절에 심한 괴롭힘을 당해 지금도 후유증에 시달린다고 했습니다. 그런데 내가 그 괴롭힘에 가담했다고 합니다. 내가 드라마에서 정의로운 주인공으로 나와 유명해진 꼴을 도저히 볼 수 없다고 합니다. 내용은 거기서 끝. 뭘 어떻게 하라는 말이 없었습니다. 공개 사과나 활동 중단을 요청하거나 하다못해 돈을 내놓으라는 말도 없었습니다. 답답한 나날이 시작됐습니다. 나는 살면서 누구를 괴롭히거나 때린 적이 없었으니까요. 떳떳하니 괜찮으리라 위안하면서도, 핸드폰 진동이 울릴 때마다 누가 현관문을 두들긴 듯 놀라고는 했습니다.

소속사에는 말도 못 하고 입술만 씹었습니다. 발신자가 더미라는 건 쉬이 짐작할 수 있었습니다. 아니, 정확히는 내 인생에 그 친구가 있었음을 기억해 낸 겁니다. 한번 떠올리니 그 시절 우리 모습이 줄줄이 펼쳐졌습니다. 당신은 얼마나 기억합니까? 더미는 중학교 시절 괴롭힘을 당했는데, 다른 지역 고등학교로 진학하여 새로운 생활을 시작했습니다. 아이들과 두루 친해지고 반장까지 했지요. 하지만 더미의 과거를 아는, 소위 일진이라 불리는 깡패 같은 새끼가 같은 학교 다른 반에 있었습니다. 인간이란 참 이상합니다. 얼룩이 묻은 옷은 잘도 빨아서 입는데 어려운 과거를 겪은 사람은 곁에 두지 않으려 하니까. 일진은 더미의 과거를 소문내지 않는 대가로 더미에게 이런저런 심부름을 시켰습니다. 애들 물건을 훔쳐 오라거나 돈을 가져다 바치는 건 물론, 여자애들 사진을 몰래 찍어 오라고 시키기도 했습니다.

더미가 바란 대로, 따돌림을 당하던 중학생 시절은 결국 소문나지 않았습니다. 그 대가로 일진의 심부름을 한 것도 알려지지 않았습니다. 유일한 목격자는 나 하나. 그러니 더미가 나를 기억하고 있었겠지요. 방관이 죄라는 사람들도 있습니다. 하지만 가해자와 방관자는 분명 다르지 않습니까? 나는 더미에게 답신했습니다. 네가 누구인지 안다고. 우리 사이에 오해가 있는 것 같다고. 만나서 이야기하고 싶다고. 더미는 짤막한 답장을 보내왔습니다. 주소와 날짜, 시간이 적혀 있더군요. 혼자 오라는 말과 함께. 그때부터 나는 더미가 시키는 일은 무엇이든 할 각오가 됐는지도 모릅니다. 주연 자리에 오르기까지 데 팔 년이 걸렸습니다. 내 잘못도 아닌 일로 모든 것을 잃을 수는 없었습니다. 더미가 나를 부른 공간이 바로 이곳이었습니다. 아무 이름도 없고 용도도 없는 이 새하얀 방으로.

그런데 정말 담배 안 피우십니까?

아, 왜 새삼 존댓말을 쓰는지 궁금하신가요. 이유는 단순합니다. 내 앞에 있는 당신이 대답을 하기 힘든 상태니까요. 혼자 말할 때는 존댓말이 적합합니다. 나는 그걸 연극 하던 시절부터 배웠습니다. 무대에서 말입니다. 시선 처리가 중요하지요. 다른 배우나 관객과 눈을 마주치지 않아야 합니다. 독백은 연극에만 있는 것이 아닙니다. 드라마에도 내레이션이 있지요. 이야기가 한창 진행되는 중 주인공의 목소리가 흘러나옵니다. 내가 맡은 역할은 고등학교 선생님이었어요. 젊은 기간제 교사로 학생들의 갈등을 해결하고, 학교에서 일하는 여러 사람의 사회생활에 대해서도 당당히 목소리를 냅니다. 드라마에서 그는 허공에 일기를 쓰듯 독백합니다. 사회 초년생으로서 경험한 이 사회가 어떤 곳인지. 막다른 길로 질주하는 학생을 보면 얼마나 안타까운지. 그래서 잠들기 전마다 어떤 다짐을 하는지.

　고백하건대 나는 정의로운 사람을 좋아하지 않아요. 존재만으로도 남들을 질타하는 것 같으니까. 하지만 우리는 결국 정의로운 사람들에게 매혹되고 맙니다. 한번은 책에서 이상한 이야기를 읽었습니다. 나치 점령기 이야기입니다. 수용소 생존자들의 증언 중 자주 등장하는 인물이 있습니다. 바로 이타적인 수형자입니다. 아무 희망 없는, 매일 인간 이하 대접을 받아 정말 모두가 인간 이하가 되어 생존하는 곳. 그런 곳에서조차 윤리를 지키고, 자신보다 타인을 먼저 챙기며, 인간적 존엄을 지켜 내는 수형자가 있었다는 이야기지요. 적잖은 생존자가 그 천사 같은 사람을 보았다고 증언합니다. 그런데 책의 해석이 흥미롭습니다. 생존자 중 누구도 천사의 수형번호나 이름을 말하지 못했다고 합니다. 어쩌면 그는 상상의 산물 아닐까요? 내가 아니어도 누군가 존엄을 지키고 있다는, 그러니 우리는 짐승이 아니라 인간이라는 믿음 말입니다.

더미와 마주 앉아 나는 천천히, 하지만 무력하게 나 자신의 죄를 깨달아 갔습니다. 주제넘게 천사 역할을 했던 셈이랄까. 드라마 속 내 모습은 몇 초짜리 짧은 영상들로 나뉘어 인터넷을 배회했습니다. 문제아로 낙인 찍힌 학생과 소통하는 장면, 권위적인 선배 앞에서 의견을 내는 장면, 왕따를 주도하는 학생을 불러내 혼쭐을 내는 장면……. 그렇게 보니 공익광고 같아서, 언젠가부터는 내 영상이 꼴보기 싫었습니다. 하지만 다른 사람들에게는 점점 더 널리 퍼진 모양입니다. 더미의 동영상 알고리즘에도 내 모습이 올라온 겁니다. 더미는 침대에 누워 핸드폰을 보다가 문득 내 얼굴을 보게 됩니다. 그의 눈앞에서 나는 정의로운 사람입니다. 낯선 사람 같았을 겁니다. 더미가 기억하는 나와 드라마 속 나는 다르니까. 세월이 십 년은 흘렀지만, 예전의 내가 괴롭힘 당하는 친구를 모른 척하던 사실은 변하지 않으니까.

그때부터 지옥이 시작되었다고 더미는 말했습니다. 그 전까지는 멀쩡히 살고 있었다더군요. 계산적인 눈으로 보자면 더미는 분명 성공한 사람이었습니다. 임대로 내놓은 상점이 을지로에만 세 채라고 합니다. 그중 두 채는 유명한 음식점이고 나머지 하나는 우리가 만나는 지금 이곳이었습니다. 얼마 전까지 술집으로 이용되었는데, 술집 사장이 장사를 그만둔 뒤 비어 있다고 하더군요. 아버지가 유산으로 남긴 건물들이라고 했습니다. 더미는 굳이 부동산을 최대한 활용해 돈을 모을 의지도 없는 듯했습니다. 남들이 일하는 시간에 도대체 무엇을 하는지 궁금했지만 물어볼 수는 없었어요. 더미는 건조한 어조로 이야기했습니다. 나를 정의의 사도로 추앙하는 댓글들을 보자 악몽이 되살아났다고. 그리고 악몽은 어딜 가든 고개를 내밀고 있었다고. 온 세상이 다시 자신을 따돌리는 기분이었다고.

당신은 이 말을 들으니 기분이 어떻습니까. 우스운가요? 억울한가요? 재수가 없었다고 생각합니까? 나는 무서웠습니다. 왜냐면 더미의 목소리가 그렇게 차분할 수 없었거든요. 그동안 홀로 얼마나 괴로운 시간을 보내고 많은 생각을 해서, 도대체 어떤 복수를 하려고 나를 다시 찾았을지 두려웠습니다. 주위를 둘러보십시오. 이 공간은…… 어쩐지 눈에 익지 않습니까? 언젠가 악몽에서 본 것처럼. 흰 벽으로 사방이 꽉 막혀 비명을 질러도 아무도 모를 것 같았어요. 그런데 더미는 의외의 말을 이어 나갔습니다. 내가 다시 친구가 되어주기를 바란다더군요. 잡지에서, 인터넷 기사에서, 공중파 방송에서 나를 볼 때마다 괴로워 확 죽어 버릴 생각도 했다고 합니다. 하지만 과거의 일이 나 때문이 아닌 것도 안다고 했어요. 그래서 나를 찾아와 이해받고 감정을 풀어 보기로 했다고 더미는 말했습니다.

친구가 된다는 말이 어떤 의미인지 그때는 알지 못했습니다. 물론 유명한 연예인이 되면 가깝게 지내자는 은근한 부탁은 수도 없이 받습니다. 지인들을 모아 놓고 나에게 전화를 걸어 오거나, 친한 척 사진을 찍은 뒤 인터넷에 올리거나……. 더미는 그따위 일에는 관심도 없었습니다. 그냥 주말에 여기서 만나자고 하더군요. 미리 연락을 할 테니 시간이 되면 여기로 와서 저녁을 먹으라

·

고요. 이곳에서 저녁을 어떻게 먹자는 건지 의아했으나, 다음 주에 다시 와 보니 모든 게 준비되어 있었습니다. 예전에 쓰이던 냉장고 안에는 음식 재료가 들어 있더군요. 더미는 냉장고에서 스테이크와 이런저런 양념을 꺼내 요리를 시작했습니다. 자책감과 더불어 아주 낡고 오래된 감정이, 더미를 향한 반가운 마음이 고개를 들었습니다. 더미는 이곳에서 나에게 스테이크를 한 접시 대접했습니다.

당신에게는 미안하지만, 그 고기에 대해 설명을 안 할 수가 없군요. 조금 질기기는 하지만 그런 건 문제가 되지 않을 정도였어요. 해외에서 공수해 온 물소 고기라고 했습니다. 현지인들은 주로 스튜를 만들어 먹는데, 유럽인 중 입맛이 까다로운 미식가들이 이 고기를 구워 먹는다고도 했어요. 내가 그 말을 얼마나 믿었는지는 기억이 나지 않습니다. 다만 더미가 피식피식 웃던 얼굴이 눈앞에 선합니다. 인상적일 수밖에요. 더미는 그 고기 이야기를 할 때가 아니면 결코 웃거나 농담하는 법이 없었으니까요. 더미는 배가 고프지 않다며 내가 먹는 모습을 보기만 했습니다. 이상하다는 생각을 안 해 보지는 않았어요. 하지만 더미는 원래 이상한 사람 같았습니다. 거의 움직이지도 않았고 먼저 말을 걸지 않으면 좀처럼 입도 떼지 않았습니다. 그림처럼 앉아서 나를 물끄러미 볼 뿐.

　점점 과거로 돌아가는 기분이었습니다. 친구들과 숨바꼭질을 하는데, 숨어 있는 친구 중 한 명을 잊어버리고 집에 온 기분이랄까. 세월이 흘러 나는 어른이 됩니다. 그리고 익숙한 골목을 밤중에 걷다가, 나처럼 늙은 그 친구를 마주치는 겁니다. 그래서인지 어쩌면 옛날처럼 단짝이 될 수도 있겠다는 생각이 들었나 봅니다. 나는 고기에 대해 일부러 많이 물어보았습니다. 이런 건 누가 알려 줬는지, 평소에도 이런 별미를 자주 먹는지, 특수 고기만 취급하는 매장이 국내에도 있는지. 더미는 친절히 대답해 주었지요. 국내에는 취급 업체가 없어서 해외로 나가야 구할 수 있다던 말이 기억납니다. 그렇게 말한 뒤 더미는 처음으로 크게 소리를 내서 웃었습니다. 저도 따라서 웃을 수밖에 없었습니다. 더미는 내가 같이 웃기 전까지 마치 반복재생을 하듯 웃음을 멈추지 않았거든요.

구역질이 났지만 고기를 천천히 씹어 꿀꺽꿀꺽 삼켰습니다. 더미는 점점 말수가 늘었습니다. 누구와도 친구가 될 수 없었고, 누구도 믿을 수 없었으며, 누구에게도 사랑을 느낄 수가 없었다는 이야기. 그날 헤어지기 전에 그는 나에게 냉장고를 보여 줬습니다. 시뻘건 생고기가 냉동실에 소분되어 있었습니다. 다 먹으려면 며칠이 걸릴 것이다, 너랑 먹으려고 아껴 둔 것이다, 저걸 먹어치우고 나면 우리는 다시 친구가 될 것이다……. 더미는 나를 손에 넣었음을 진작 눈치채고 있었던 겁니다. 이제는 물소 고기니 뭐니 하는 빤한 거짓말도 하지 않았습니다. 방관자에 불과한 나에게도 분통이 터질 정도였다면, 그토록 괴롭힌 당신에게는 얼마나 복수하고 싶었을까요? 가슴속에 짐승이 날뛰는 것처럼 분노에 잠을 설쳤을 테지요. 그러니 더미는 어쩔 수 없이 잔인한 계획을 세웠을 겁니다.

＊

한때는 당신 같은 사람 머릿속이 궁금했습니

다. 왜 저런 짓을 할까? 왜 가만히 있는 사람을 구타하고 괴롭히는 걸까? 그게 나만 궁금한 것은 아닙니다. 세상 여러 이야기에는 악당이 나오는데, 그들에게는 알고 보면 다 사연이 있지요. 가족을 지켜야 해서, 소중한 사람이 있어서, 큰 배신을 당해서 독해졌다는 식입니다. 당신은 이런 이야기를 들으면 무슨 생각이 듭니까? 누군가는 이해해주는 것 같아 마음이 찡한가요? 웃기는 소리. 적어도 학창 시절의 당신은 그럴 리가 없습니다. 당신은 애초에 이야기를 진지하게 듣지 않기 때문입니다. 무언가 고민하고 타인의 말을 경청하는 건 늘 다른 사람들 몫이었습니다. 그러니 이야기를 읽고 쓰는 사람들은 서로 위로할 수밖에 없습니다. 악당에게도 사연이 있을 것이다. 그들도 우리와 다르지 않은 사람이다. 그들도 어쩔 수 없었을 것이다…….

　당신이 지금 어쩔 줄 모르는 것도 이해가 됩니다. 평생 안 하던 일을 하게 생겼으니까. 하지만 창밖을 다시 보십시오. 저렇게 많은 취객이 아직도 남아 있습니다. 저들 중 누군가는 오늘 집에 들어가지 않을 겁니다. 어떤 이는 무책임한 일을 벌일 테고, 어떤 이는 말해서는 안 될 비밀을 털어놓을 겁니다. 그 모든 일에는 별 이유가 없을 거라고 나는 생각합니다. 우리는 하고 싶은 일을 해 버린 뒤 나중에 이유를 가져다 붙입니다. 그게 위선이라고 비웃는 사람도 있지요. 하지만 이유라도 만들어 붙이는 성의가 중요하지 않을까요. 당신이 지금 이 꼴이 된 것도 최소한의 성의를 보이지 않아서니까요. 당신은 과거를 돌아보지 않고 행복한 삶을 과시하느라 바빴습니다. 아내와 간 고급 레스토랑과 필리핀 해변에서 찍은 사진, 당신과 축구하는 걸 유독 좋아하는 어린 아들의 모습.

당신에 대한 더미의 복수심은 이미 감정의 차원을 넘어서 있었습니다. 마치 누군가에게 복수를 명령 받은 것 같았다고 할까요. 나는 두 번째 식사 때 직접 요리했습니다. 이곳에 들어왔더니 더미는 의자에 앉아 건성건성 손을 들어 보이더군요. 주방에 들어가 보니 상태가 엉망이었습니다. 시멘트 가루가 바닥에 널려 있었으며 싱크대도 깨끗해 보이지는 않았어요. 조명이 어두워 망정이지 환히 밝히면 가관일 듯했습니다. 그러고 보니 칼질도 어설펐고 프라이팬 드는 폼이 어색하기 그지없었습니다. 처음 만났을 땐 당황스럽고 설마 싶어서 생각을 미뤘지만, 모든 정황이 들어맞았습니다. 더미가 이렇게 비밀스러운 곳에서 굳이 직접 요리를 해 주는 이유. 그리고 자신은 절대 스테이크를 먹지 않는 이유. 나는 익어 가는 스테이크가 역겨웠지만 또 한편으로는 묘하게도 군침이 돌았습니다.

식사가 시작되었습니다. 그때 인정할 수밖에 없었습니다. 내가 이 맛있는 고기를 다시 먹는 순간을 내심 기다려 왔다는 것을. 나이프가 빠르게 스테이크를 가르고 그릇을 긁는 소리가 사방을 메웠습니다. 더미는 무언가 말하고 싶은데 입을 못 떼는 것 같았어요. 정신을 차리고 보니 내 핸드폰이 더미의 손에 있었습니다. 더미는 당신 SNS에 접속해, 가장 오래된 게시물부터 순서대로 보게 하더군요. 나는 웹툰을 보듯 사진을 한 컷씩 넘겼습니다. 왜 이런 걸 보라고 하는지 그때는 알 수 없었습니다. 그 사진들 속 자상한 남편, 온화한 아버지가 당신일 줄 몰랐으니까. 게시물은 대략 한두 달 주기로 올라왔습니다. 그 이미지들을 통해 보니 당신 아들은 정말 빨리 자라나더군요. 엉금엉금 기던 아이가 걷기 시작하고, 환히 웃으며 엄마 아빠를 부르고, 머리털은 또 어쩌나 윤기 있게 자라나던지. 당신이 지키는 골대에 공을 차 넣으며 펄쩍펄쩍 뛰는 영상도 있었습니다.

그렇게 이를 바득바득 갈 필요는 없습니다. 우리는, 아니 더미는…… 당신 아들에 손댈 생각은 결코 하지 않았을 겁니다. 더미의 표적은 처음부터 당신과 나뿐이었습니다. 나는 당신 사진들을 멍하니 넘기며 더미의 말을 들었습니다. 당신이 동남아 어느 국가에서 사업을 한다고 했어요. 그 나라에서는 적은 돈만 지불해도 청부 살해를 할 수 있다고, 믿기 힘들겠지만 공공연하게 운영되는 폭력 조직이 있다고 했습니다. 원한이 있는 사람들은 그곳에 함부로 가지 말라는 인터넷 기사도 있더군요. 공권력 역시 매수된 경우도 허다하다고요. 하지만 더미가 궁금해한 것은 그 이상이었습니다. 적은 돈으로도 사람을 죽일 수 있다면, 많은 돈을 지불했을 때는 어떤 일을 할 수 있을까? 살인당하기보다 더 고통스러운 일이 뭐가 있을까? 어떤 일을 벌여야 당신이 가장 고통스러워

하며 죄를 뉘우치게 할 수 있을까?

더미는 학창 시절 이야기를 그때 처음 꺼냈습니다. 당신 명령에 따르지 않은 적이 한 번 있었다고요. 당신이 여자 화장실에 숨으라고 했다고. 중간 칸에 들어가 문을 잠그고 있다가, 양쪽에 여자애들이 들어와 앉으면 핸드폰을 칸막이 위로 들어 몰래 사진을 찍으라는 거였죠. 더미는 그 일만큼은 할 수 없었다고 합니다. 선생님 담배를 훔쳐 오라거나 싸움 잘하는 애에게 물을 뿌려 보라는 명령도 따랐는데, 그런 짓은 할 수 없었다고. 더미가 명령을 거부하자 당신은 차츰 분노했습니다. 처음에는 웃으며 어깨동무를 했고 그다음에는 협박을, 마지막으로는 정색하고 더미를 남자 화장실로 불렀습니다. 삼십 분이라고 했습니다. 점심시간, 인적이 드문 꼭대기층 화장실이었어요. 더미는 그곳에서 삼십 분 동안 쪼그려 뛰기를 해야 했습니다. 당신은 담배 피우며 더미를 교관처럼 내려다보았어요.

나는 함부로 공감하거나 화를 내지 못한 채 묵묵히 그 이야기를 들었습니다. 더미의 표정이 너무 이상했거든요. 화를 내거나 격앙된 게 아니라 그저 슬픈 얼굴이었습니다. 더미는 그 시절 당신에게 고마워했던 순간들이 가장 치욕스럽다고 했습니다. 그날도 가장 사람 없는 화장실로 데려간 당신에게 고마웠다고, 아무도 그 꼴을 보지 않게 해 줘서 고마웠다고 했습니다. 한번은 누가 다가오는 발소리가 들려 당신과 더미가 동시에 깜짝 놀라 마주 봤다고 합니다. 당신은 얼른 일어나라 했고, 더미는 꼭 자신이 공범이라도 된 양 벌떡 일어났대요. 제삼자가 보지 않으면 폭력도 폭력이 아니라는 듯, 둘만 아는 일은 없던 일이 된다는 듯……. 당신 다리를 자른 것도 그 때문이었습니다. 더미는 당신에게 주변 그 누구도 몰라볼 수 없는 표식을 남기고 싶었다고 했습니다. 혼자 공을 차는 아들을 보며 자신의 삶을 돌아보는 당신이 눈앞에 그려진다고요.

　미안하지만, 당신이 불쌍하다는 생각은 조금도 들지 않았습니다. 나는 그때 의아한 마음뿐이었습니다. 더미는 왜 이 이야기를 자백하듯 털어놓는 걸까요? 나를 어떻게 믿고? 당신 SNS는 사고를 당했다는 게시물 이후로 거의 올라오지 않았습니다. 당신은 어떤 이유로 다리를 잃었는지도 모르는 것 같더군요. 이대로 내가 신고하면 어쩌려고 더미는 나에게 모든 걸 털어놓았을까. 혹시 나에게도 무슨 짓 하려는 것 아닐까. 그러나 더미는 나를 빤히 쳐다볼 뿐이었습니다. 마치 일시정지해 놓은 화면처럼. 자신은 할 말이 끝났다는 듯, 이제 내가 무언가 말해야 한다는 듯. 그렇게 침묵이 찾아오자 순간 이 모든 상황이 남의 일처럼 분명해졌습니다. 더미가 나를 이곳에 부른 이유 말입니다. 왜 나는 고기를 먹고 있는지, 왜 더미는 먹을 수 없는지, 왜 우리는 친구일 수밖에 없는지.

지금 내 표정이 어떻습니까?

내면의 거울에 대해 말한 것을 기억하시는지요. 나 자신의 모습을 비추는 거울 하나를 마음속에 넣어 두고 살아간다고 했습니다. 그게 없어져 버렸으니 지금은, 당신 앞에서는 부적절한 말이겠습니다만…… 꼭 다리가 하나 잘린 기분입니다. 예전과 같이 연기하며 살아가기는 영 틀린 것 같아요. 신체 절단을 겪는 이들이 공통적으로 겪는 증상이 있다는데, 바로 남아 있는 신체도 변화하는 것입니다. 말단 부위가 바닥에 내팽개친 찰흙처럼 뭉툭해집니다. 정신적으로도 전처럼 돌아갈 수 없게 됩니다. 지금 당신을 마주하니 그게 어떤 뜻인지 알 것 같습니다. 당신은 내 기억 속 누구와도 닮지 않았거든요. 당신은 이제 그저 의문의 범죄를 당한 피해자일 뿐입니다. 의식을 잃고 납치 당한 뒤, 며칠이 지나 한쪽 다리가 잘린 채 길바닥에서 발견되었다고 하죠. 여기로 나를 만나러 올 수밖에 없었을 겁니다. 당신도 당신의 불행에 대해서는 답을 듣고 싶었을 테니까.

더미라는 별명을 왜 붙였는지 혹시 기억합니까? 왜 대답을 못 하십니까? 기억이 안 나는 건가요, 아니면 부끄러운 건가요? 그건 게임 캐릭터 이름이었습니다. 우리가 중학생일 때 유행한 온라인 게임이었는데, 정확히는 캐릭터 이름이 아니라 몬스터 이름이지요. 더미는 자기보다 더 거대한 몬스터의 의지대로 사람들을 공격하는, 일종의 꼭두각시 인형 같은 거였어요. 고등학교 복도에서 당신이 나를 보고 지었던 표정을 잊을 수 없습니다. 깜짝 선물을 받아 놀란 얼굴이었달까.

·

내가 반에서 인기가 많고 반장까지 하고 있음을
알고 나서는 실실 웃기까지 하더군요. 당신이 퍽
살가운 목소리로 나를 따로 불러냈을 때, 같이 학
교 뒤쪽의 인적 없는 곳까지 가면서 내가 희망을
놓지 못하던 게 기억납니다. 당신도 변했을지 모
른다고, 어쩌면 나쁜 일은 하나도 일어나지 않을
수도 있다고.

　스테이크를 먹던 그날, 눈앞에서 더미의 모습
이 일시 정지한 순간…… 나는 웃음을 터뜨리고
말았습니다. 영락없는 미친놈 같았겠지. 하지만
미친놈이라기에는 내 머리가 아주 빠르게 상황을
정리했습니다. 이런 일이 처음은 아니었으니까.
고쳐지지 않는 버릇처럼. 나 자신, 아니 더미와
대화하는 것이 나의 오래된 습관이었습니다. 처
음에는 연습 때문이었어요. 무대에 서는 일이 결
코 쉽지 않았거든요. 내 안에서 더미를 완전히 몰
아내지 않고서는 도무지 잘할 수 없었습니다. 역
설적으로 들리겠지만, 더미를 몰아내려면 더미에
게 인격을 주어야 했어요. 존재하지 않는 걸 몰아
낼 방법은 없으니까. 사람들 앞에서 당당한 모습
을 보여야 할 때, 혼잣말처럼 더미에게 사라져 달

라고 부탁하는 겁니다. 더미는 간혹 일에 훼방을 놓았고 멋대로 나타나 내 동료들에게 어눌하게 말을 걸기도 했어요.

그래도 이렇게 큰 사고를 친 적은 없었으니, 나는 좀 황당할 지경이었습니다. 아무리 복수하고 싶었기로서니, 어떻게 사람의 다리를 산 채로 잘라 와 구워 먹을 생각을 하냐는 말입니다. 가능하기만 하면 더미의 멱살을 잡고 세차게 흔들어 대고 싶은 충동마저 들었습니다. 그런데 웃음을 그치고 보니 또 그런 생각을 한 게 미안해졌습니다. 더미는 나까지 복수에 함께해 주기를 바란 게 아닐까요? 자신의 소원을 성취하자, 더미는 마치 옛날 공포영화에 나오는 원혼처럼 엉성한 모습으로 희미해졌습니다. 나는 스테이크 두 접시가 놓인 테이블에 홀로 남았습니다. 아, 더는 모른 척할 수가 없겠더군요. 마치 드라마 요약 영상을 보듯이 그동안 벌인 짓들이 떠올랐습니다. 모든 일이 터무니없이 손쉽게 진행되었더군요. 당신 SNS를 찾는 것도, 어디서 사업하는지 알아내는 것도 금방이었습니다. 과장을 좀 보태면 일을 맡기는 것 역시 해외 물품 직구처럼 손쉬웠습니다.

·

　　죄책감이란 참으로 단순한 감정이에요. 명칭이 잘못 붙었다고 해도 과언이 아닙니다. 죄책감은 죄 지은 사람이 느끼는 감정이 아니라 균형이 망가졌을 때 느끼는 강박증에 가깝다고 나는 생각합니다. 죄를 지었더라도 내가 그 이상 고생을 하면 마음이 크게 불편하지 않습니다. 내 입장에서 생각해 보십시오. 이게 웬 날벼락입니까? 몽유병 환자가 밤중에 정신을 차렸더니 쓰레기 매립지 한복판에 서 있었다면 딱 그런 기분일 겁니다. 나는 찬찬히 주위를 둘러보았습니다. 당장 내 앞에 조리되어 있는 스테이크, 냉동실에 소분된 고기들. 고기를 포장하던 비닐에는 사람 피가 묻어 있지요. 음식물 쓰레기로 배출해도 아무도 관심 없었겠지만, 아무래도 내 기분이 더러웠습니다. 실내를 환기하는 것도 괜찮을지 걱정됐습니다. 혹시 이 고기 냄새가 이상한 걸 누가 알아채기라도 하면 어쩌지 싶었거든요.

　　외로움, 아니 적적함이라 할까요. 혹은 억울함이랄까. 죄책감을 느끼지 못한 대신 나는 이런 감정들을 맞닥뜨렸습니다. 수습 계획은 금세 세웠습니다. 나는 더미처럼 감정에 휩쓸려 과한 일을 벌이지는 않으니까. 남은 고기도 냉동실에 넣어 함께 얼리고, 성능 좋은 믹서기를 구해 곱게 갈아서 락스와 함께 배수구에 버리면 그만이겠죠. 한 갑을 피워서 실내를 담배 연기로 가득 채운 뒤 창문을 열었어요. 바깥 공기와 취객들 소음이 폭우처럼 들이쳤습니다. 그때도 이렇게…… 눈물이 났던 것 같습니다. 자신이 평범한 사람이라 느낀 적이 언제였던가. 아주 어릴 때였겠지요. 학교에서 아이들의 표적이 되기 전, 내가 남들과 다르다는 생각은 한 톨도 하지 않던 시절. 창밖 사람들을 보고 있으니 한 가지 분명해졌습니다. 나는 이제 저 세계에는 속할 수 없겠구나. 저렇게 웃고 떠드는 이들 사이에 함께할 수는 없겠구나. 무슨 수를 쓰더라도.

＊

피곤하지는 않으신가요? 말이 너무 길었습니다. 오늘 여기 오는 데 얼마나 많은 준비를 했는지 몰라요. 당신 전화를 받고 내가 의심부터 할 수밖에 없었던 점을 이해해 주십시오. 사과를 하

101

고 싶다니요. 그 세월을 건너 나를 만나 용서를
구하고 싶다니. 전화번호를 어떻게 알았느냐고
묻고 싶었지만 실은 그런 건 의미가 없지요. 당
신은 오래 준비한 게 분명한 목소리로, 마치 초짜
배우처럼 말을 이어 갔습니다. 다리가 잘린 뒤,
아무 일도 못 하고 지난날만 돌이켜 봤다고 했습
니다. 예전부터 궁금했습니다. 사람은 왜 자신을
해치는 존재를 이해하고자 온 힘을 다하는 걸까?
정작 괴롭히는 쪽은 아무 생각 없는데, 괴롭힘 당
하는 쪽은 늘 고민에 빠지기 마련입니다. 당신도
과거의 잘못을 돌아봤다고 했어요. 당신에게 그
런 짓을 할 인간이 누가 있는지 하나하나 되짚어
보았다고. 분노, 복수심, 억울함과 슬픔을 거쳐
모든 것을 뉘우치고 싶게 되었다고 말했습니다.

　이곳으로 오라고 약속을 잡기는 했지만, 생각
정리가 안 되더군요. 꿍꿍이가 있을 거라는 의심
이 끊임없이 고개를 들었습니다. 경찰에 신고라
도 해 둔 건 아닐까? 아니면 직접 복수하려는 게
아닐까? 만일 정말 사과하고 싶은 거라고 해도 문
제였습니다. 이제 와서 용서를 구한다니 너무 이
기적이지 않나요? 더미의 마지막 모습, 내 안에서

소멸된 더미를 떠올리면 나도 당신에게 복수하고
싶은 심정이었습니다. 그래서 오늘, 당신이 이곳
에 오기로 한 시각에 나는 근처 건물에 앉아 핸드
폰을 꺼냈습니다. 건물 CCTV를 통해 당신을 지켜
봤어요. 약속 시간보다도 이르게 당신은 힘겹게
계단을 올랐습니다. 한쪽 다리가 부자연스러운
걸 보니 당신이 맞는 듯한데, 얼굴이나 전체적 인
상은 전혀 다른 사람 같았습니다. 머리숱이 휑한
데다 살이 쪽 빠져서 길에서 마주치면 결코 못 알
아볼 듯했습니다. 나는 당신이 계단을 다 오를 때
까지 기다렸다가 이곳으로 왔습니다.

　이제 일어나서 내 맞은편 의자에 앉으십시오.
아무리 당신이 그러고 싶다고 해도, 불편한 다리
로 계속 무릎을 끓게 하고 싶지는 않습니다. 이
자리에 앉아 나와 함께 창밖을 내려다보면 좋겠
습니다. 밤거리 구경은 퍽 재미있는 일입니다.
사람들의 질서정연한 모습이 흥미롭거든요. 가
끔 상상하고는 합니다. 누군가가 식칼을 하나 들
고 저 번화가에서 살인을 시작하면 어떻게 될까.
몇 명이나 죽일 수 있을까. 극악스러운 말 같겠지
만 나는 사람들이 서로의 선량함을 믿는 데 감탄

하는 것뿐입니다. 이유 없이 자신을 해치는 존재가 없을 거라는 믿음이 맑은 개울처럼 저 거리를 흐르고 있으니까. 테러범들은 질투 때문에 끔찍한 짓을 자행하는지도 모릅니다. 사람들은 테러가 벌어지면 혼비백산하지만, 놀라운 속도로 테러를 진압하고 피해를 복구하며 평화로운 거리를 되찾을 겁니다. 스스로 깨끗해지는 개울처럼 말입니다.

요즘은 혼자 있을 때면 조용히 더미에게 말을 걸어 보고는 합니다. 이제 연기 따위도 그만두고 사람들을 피해 늘 혼자입니다만, 더미는 다시 나타나지 않을 건가 봐요. 내 안의 추악하고 부끄러운 자아였는데, 사라지고 보니 빈자리가 이토록 크게 느껴질 줄 몰랐습니다. 그래서 내가 당신을 용서할 수는 없습니다. 나는 더미를 대신할 수 없으니까요. 이 말이 변명처럼 들릴 수도 있겠습니다. 하지만 나는 정말 더미와 다른 사람 같습니다. 당신을 다시 마주한 순간, 당신이 대뜸 무릎을 꿇은 순간 아무 분노도 느끼지 못했습니다. 자식에게 부끄럽지 않은 아버지가 되고 싶다고 하셨지요. 당신 인생에 그런 건 불가능할 겁니다. 우리는 선량함을 믿지 못하는 존재로서 평생을 살아갈 수밖에 없어요. 강물을 더럽히는 오물, 사회에 끼지 못하는 괴물이지요. 그럼에도 내가 당신과 이렇게 대화하고 있는 것은……

당신에게 부탁이 하나 있기 때문입니다. 아주 사소한 것입니다만, 내게는 어려운 일이에요. 사람 고기를 먹은 뒤로 이런 일을 한 적이 단 한 번도 없었습니다. 내가 이루어 온 모든 걸 뒤로한 채 도망다녔습니다. 더는 내 얼굴을 스스로 바라볼 수가 없습니다. 이 모든 일이 우연이라고 종종 위안합니다. 누구에게든 일어날 수 있는 불행이었다고요. 우리는 어쩔 수 없는 대로 행동한 거라고요. 어떤 거대한 존재가 벌을 내린 게 아니라 그저 운이 없었을 뿐이라고요. 그러니 내 부탁을 꼭 들어주세요. 혹시 내 손을 잡아 줄 수 있습니까? 악수를 해도 괜찮을까요? 아주 잠깐이어도 괜찮습니다. 내 손으로 당신의 존재를 느끼고 싶습니다. 정말 당신이 내 앞에 와 있는지, 당신이 고통을 거쳐 무릎 꿇은 게 사실인지, 이 모든 게 진짜인지 확인하고 싶기 때문입니다. 손을 뻗어 보십시오. 아주 천천히. 천천히. 천천히.

이 책에 실린 소설을 쓸 때 나는 서울 한복판의 원룸에 살고 있었다. 서울 한복판이라는 건 밤중에 창문을 열면 바로 알 수 있었다. 요일 무관하게 취객들이 돌아다니고 소주병 던지며 싸우는 꼴도 심심찮게 보이는 동네였다. 내가 살던 건물 1층에는 고깃집이 있어서 복도에는 노린내가 가득했고 배관을 타고 기어오른 바퀴벌레들이 2층의 내 방까지 불시착하는 일도 종종 있었다. 하도 덩치들이 커서 깜짝 놀라긴 했지만 그 친구들 입장도 이해가 안 가는 건 아니었다. 지하 노래방 소음이 워낙 심해서 나 같아도 이동할 수만 있다면 최대한 위로 갈 것 같았으니까.

신기한 일은 새벽 3시부터 시작되었다. 거리의 소란이 차츰 잦아드는 거였다. 마치 놀이공원 폐장시간처럼 취객들이 다들 어디론가 사라진다.

네가 돈을 안 갚네 너는 나를 믿지 못하네 싸우던 아저씨들도 어느 순간 체면을 차린다. 술집 테이블 정리하는 소리, 문 밖으로 물을 뿌리는 소리와 저만치 택시 잡는 청년들의 깔깔 웃는 소리가 들려온다. 그러고 나면 호프집 아르바이트 노동자들은 길에 나와 말없이 연초를 피운다. 노래방 소음은 언젠가부터 들리지 않고, 창문을 열면 제법 고요한 분위기가 방 안까지 흘러 들어온다. 나는 잠이 오지 않는 밤마다 한참을 창문 앞에 앉아 그 많은 사람이 다 어디로 가는지 상상해 보고는 했다.

소설을 완성할 때면 애초의 계획과 아주 모양새가 달라져 버려 당황스럽다. 그러나 한편으로는 그게 당연하다는 생각도 든다. 나에게 소설 속 인물들은 창밖 취객들과 별반 다를 바 없게 느껴지기 때문이다. 나는 그들을 알지만 그들은 나를 모른다. 마음대로 움직여주면 좋겠다만 시종일관 제멋대로 행동하고, 그들끼리 앙심을 품거나 심지어 싸움이 날 때도 있다. 가장 곤란한 건 그들끼리 사랑에 빠지는 순간이다. 그래도 나는 지켜보는 수밖에. 골머리를 앓던 끝에 이 모든 이야기가 끝나고, 그들이 내가 알 수 없는 곳으로 사라지는 순간이 올 때까지. 그때가 되면 나는 아주 쓸쓸한 기분이 든다.

　이번 소설에서는 예상보다 냉정하고 잔인한 일이 많이 벌어졌다. 인물들에게 미안한 마음이 크다. 하지만 그것도 어쩔 수 없는 일이겠지. 나는 세상에서 벌어지는 일을 보고 그 이야기를 쓰는 수밖에 없으니까. 언젠가는 무해하고 따뜻한 이야기도 쓰이기를, 그리고 이번 이야기도 독자에게는 어떤 종류라도 위안을 주었기를 바랄 따름이다.

KIA MOTORS
Ⓗ 현대

┌ *Geuneul* ┐
단편선 004

밤에 찾아온 손님

초판인쇄 2026년 4월 30일
초판발행 2026년 4월 30일

지은이 박규민
발행인 채종준

출판총괄 박능원
책임편집 양수정
디자인 박능원
마케팅 문선영
전자책 정담자리
국제업무 채보라

브랜드 그늘
주소 경기도 파주시 회동길 230(문발동)
문의 ksibook1@kstudy.com

발행처 한국학술정보(주)
출판신고 2003년 9월 25일 제406-2003-000012호
인쇄 북토리

ISBN 979-11-7457-453-4 03810

그늘은 한국학술정보(주)의 소설 출판 전문브랜드입니다.
더운 여름날 그늘 밑에서 편하게 읽을 수 있는 책이라는 의미를 담았습니다.
세상에 없던 스토리를 발굴하고, 우리가 닿지 못한 세계의 그림자를 찾아봅니다.
스토리 속 일상의 즐거움을 발견할 수 있도록 이야기의 쉼터가 되겠습니다.

@geuneul_book